D0754059

Cette nuit

DU MÊME AUTEUR

Mon sang à l'étude, roman,
Éditions de l'Olivier, 2014.

JOACHIM SCHNERF

CETTE NUIT

Roman

ZULMA
18, rue du Dragon
Paris VIᵉ

Si vous désirez en savoir davantage
sur Zulma ou sur *Cette nuit*
n'hésitez pas à nous écrire
ou à consulter notre site.
www.zulma.fr

z

À la mémoire de Josué

Ils ont amputé
Tes cuisses de mes hanches.
À mes yeux ce sont toujours
Des médecins. Tous autant qu'ils sont.

Ils nous ont détachés
L'un de l'autre. À mes yeux ce sont des ingénieurs.
Dommage. Nous étions une bonne invention
Et amoureuse avec ça : un avion fait d'un homme
et d'une femme,
Avec des ailes et tout le reste :
Nous nous sommes un peu élevés du sol,
Nous avons un peu volé.

YEHUDA AMICHAÏ, *Perdu dans la grâce*
Traduit de l'hébreu par Emmanuel Moses

Ma tête se redresse, j'observe la couverture qui dissimule mon corps. Le torse est ici, les bras et les jambes du mauvais côté du lit. Mon esprit s'éclaircit peu à peu. Je me rappelle avoir roulé à la recherche du sommeil pour enfin le trouver à gauche. Du côté gauche lorsqu'on est allongé, son côté à elle. Les draps sont froids, mes yeux fatigués. Je retiens ma respiration pour scruter chaque détail de l'appartement mais je n'entends rien, pas même un craquement. Les nazis l'auraient-ils raflée ?

Je m'appuie sur les avant-bras pour décortiquer la pièce et regarder ses mains réajuster chaque objet. Je perçois ses mouvements, ses premiers gestes matinaux, j'ai cette assurance du souvenir qui ne parvient pourtant pas à étouffer l'angoisse qui a suivi l'enterrement. Oublier son visage.

Alors je ferme les paupières et m'imagine blotti contre l'autre bord du lit, près du corps brûlant de Sarah. Présenter mon dos au côté qu'elle affectionnait et la supposer endormie, proche de la commode qui renferme toujours ses vêtements à l'odeur de musc. De son vivant, je ne pouvais profiter de la fraîcheur de sa partie du lit ; gardienne intraitable. Au mieux arrivais-je à ramper jusqu'à son oreiller alors qu'elle était sous la douche, et m'y perdre le temps d'un souffle.

Un demi-siècle sans connaître le sommeil de son côté et puis cette nuit blanche à son chevet, agenouillé. C'était un autre lit, un lit d'hôpital. Sarah est morte il y a deux mois à peine et je me réveille avec la peur d'oublier ses traits. Je ne veux pas d'une photo d'elle dans la chambre alors j'irai jusqu'au salon, comme chaque matin, contempler son sourire et ses yeux bleus. Le verre est froid sous mes ongles, il la cadavérise, fait briller et pâlir sa peau encadrée. Puis je me dirigerai vers la cuisine sans lâcher son image pour préparer mon petit déjeuner.

Il n'y aura pas de pain ce matin. Je me suis débarrassé des aliments proscrits pendant Pessah, les dernières miettes ont disparu hier soir à la lumière de la bougie. Les questions pascales gagnent mon esprit à l'approche du Seder, me submergent : Pourquoi cette nuit est-elle différente des autres nuits, des précédentes et des suivantes, des printemps passés et des Pâques à venir ?

Le refrain bourdonne dans ma tête comme lorsque j'étais enfant, d'abord par réflexe puis avec la conscience du devoir. Se produire autour de la table, devant tout le monde, chanter ces interrogations juives millénaires, les maltraiter, les remâcher. Et à l'assemblée de compléter les questions à l'unisson, en rythme et en hébreu si possible, le sourire en coin, sans négliger les airs plaintifs de circonstance. Aux adultes goguenards d'accompagner les benjamins, leurs poings frappant la mesure, lorsqu'ils déclament :

Toutes les nuits, nous avons le choix entre du pain et de la Matsa, alors pourquoi cette nuit ne mangeons-nous que ce pain azyme ?

Toutes les nuits, nous avons le choix entre diverses sortes d'herbes, alors pourquoi cette nuit ne mangeons-nous que des herbes amères ?

Toutes les nuits, nous ne trempons jamais nos aliments, alors pourquoi cette nuit les trempons-nous à deux reprises ?

Toutes les nuits, nous mangeons assis ou accoudés, alors pourquoi cette nuit mangeons-nous tous accoudés ?

Les quatre strophes du Ma Nichtana, chantées par les plus jeunes de la famille au début du Seder, quatre questions qui n'en forment finalement qu'une, essentielle : pourquoi cette nuit est-elle différente de toutes les autres ? D'une naïveté feinte on s'interroge, chaque année, lors des deux soirées pascales. Un Seder puis un autre, deux nuits exceptionnelles à leur manière. Où l'on pose les mêmes questions sans fin. Où l'on déglutit les mêmes plats. Où l'on décline l'histoire du peuple juif en exil avec nuances et variantes d'apparat, saintes nuances qui piment toutes les Sorties d'Égypte. Puis celles-ci, sans Sarah.

Ça y est j'entends un bruit. Le parquet a grincé, je n'ai pas rêvé. Est-ce que les nazis seraient revenus ? Nouveau crissement. Je me répète qu'on ne rafle plus de nos jours mais le bruit des bottes venues fouiller le cellier se mélange à la réalité. Ils ne reviendront pas, c'était il y a près de soixante-dix ans. Et pourtant je n'arrive plus à dissocier les strates sonores, à faire taire le bourdonnement de la mort. Mon corps vieilli est là, je le vois dessiné sous mes yeux avec ses faiblesses et ses impuissances, il gît sous la couverture trop grande qui nous recouvrait lorsque Sarah s'allongeait près de moi.

Qu'ils me prennent s'ils le veulent, mais qu'ils m'accordent encore quelques jours. Je ne peux pas laisser mes deux filles orphelines ce soir, j'ai promis à Michelle et Denise de diriger la soirée, sanctifier le vin, mener les chants, distribuer chaque aliment comme il est décrit dans la Haggada. Un livre de prières et de lamentations, un récit de combat, d'exode, de questions et d'espoir. Pour en découdre avec l'oubli. Tout y est minutieusement recensé, jusqu'au plus simple geste. Avant d'entamer la lecture de la Sortie d'Égypte je saisirai le plateau d'argent qui trône au centre de la table, déclinerai les six aliments qui s'y trouvent comme à chaque fête de Pessah.

Tania et Samuel, les enfants de Michelle et Patrick son mari, écouteront avec attention les explications de leur grand-père qu'ils connaissent déjà par cœur. Car il en est ainsi, on ressasse les goûts et les mélodies, les anecdotes de la mémoire familiale. Je prendrai les minces morceaux de céleri et d'un geste précis les tremperai dans l'eau salée, bâtons filandreux et dégoulinants de larmes, les larmes des Hébreux maintenus en esclavage. Toute la famille mastiquera en grimaçant.

« Tu arrêtes ça, espèce de porc ! » Michelle, ma benjamine. Elle n'avait pas pu se retenir bien longtemps l'an passé. Tania et Samuel imitaient leur oncle Pinhas en accumulant le plus de céleri possible dans leur bouche, mais Michelle a beaucoup de mal à garder son calme lorsque son beau-frère entraîne les petits dans ses jeux idiots. « Papa, tu reprends. Samuel ! Ça suffit ! Tu sais qu'on ne joue pas avec la nourriture, ton oncle est détraqué. Ooh ! Ça te fait rire, Tania ? » Denise, mon aînée, baissa les yeux sans essayer de défendre son mari. Quant à Patrick, il courut s'enfermer aux toilettes, les mains crispées sur son estomac. Ma pauvre Sarah le suivait du regard, désolée par cette entame de Seder.

Michelle arrivera en toute fin de matinée pour m'aider à préparer le dîner. Il doit être sept heures et je pense déjà aux célèbres diarrhées de son mari. Tous les Juifs strasbourgeois se souviennent encore de la Bar-Mitsva de Patrick qui restera l'un des moments marquants de notre communauté. Il avait donc treize ans et se tenait face aux fidèles, prêt à chanter. Un cri d'estomac s'était soudain fait entendre autour des rouleaux de la Torah. Le rabbin avait feint de n'avoir rien remarqué, mais le bruit avait recommencé lorsque Patrick s'était mis à réciter les premiers mots du verset. Les genoux crispés, les cuisses serrées pour prévenir l'inévitable. Fesses contractées, le jeune Bar-Mitsva avait détalé à la première interruption.

Patrick avait presque atteint les toilettes lorsque son corps l'avait humilié pour de bon. Il s'était ensuite enfermé, pleurant, insultant l'âge adulte et ses juiveries, tout en essayant de se déshabiller d'une seule main. De l'autre, il serrait toujours la main d'argent à l'index tendu, le Yad, qui sert à pointer le texte lors de la lecture des rouleaux sacrés. Il dut se débrouiller pour descendre son pantalon, bloquer son slip aux genoux, et nettoyer ce qui pouvait encore l'être avec cinq doigts de chair et quelques feuilles de papier toilette. Quand il avait enfin pu regagner les rangs de la synagogue, le pantalon humide et les doigts serrés autour de la main d'argent, tout le monde s'était mis à rire, à rire si fort que les cris hilares avaient été entendus jusqu'au parc du Contades jouxtant le bâtiment. Je fus témoin de cette première diarrhée de mon futur gendre, un tournement de ventre qui en appela beaucoup d'autres, apparemment inséparables de sa judéité.

Quand Patrick revint à la table du Seder, le malaise était encore plus pesant. En son absence, je n'avais pu résister à l'envie de provoquer la correspondante de ma petite-fille, tout droit venue de Berlin. C'était à Tania de l'accueillir une semaine dans le cadre d'un échange scolaire, après avoir elle-même passé un séjour en Germanie, le Seder de l'an dernier tenait toutes ses promesses. Je m'apprêtais à recevoir cette Allemande comme il se devait mais quelle déception... Longs cheveux noirs, le teint caramel, je ne m'attendais pas à ce type d'aryenne. « Leyla ? Une mère turque ? » J'avais dû dissimuler ma contrariété et réviser pour l'occasion mes blagues canoniques. Quand soudain, une illumination : « Est-ce que tu connais la différence entre un mirador et un minaret ? »

Heureusement pour son estomac, Patrick n'assista qu'au silence qui suivit la chute. Leyla demeurait bouche bée, Tania, d'habitude vindicative et impulsive lorsque l'on écorche *l'autre*, était blême. Mon gendre se rassit sans réclamer ce qu'il avait manqué. Pas un bruit. Puis le ronronnement sacré s'empara de nous sans que nous nous concertions, le malheur des Hébreux pouvait enfin débuter.

« Accepterais-tu d'*en* parler ? » Sarah avait hésité plusieurs semaines avant de m'interroger, elle avait finalement choisi un pronom pudique plutôt que d'articuler *Auschwitz*. J'en parlais tout le temps, oui, mais raconter ? Impossible, je n'avais que mes blagues pour évoquer la Shoah. De rares allusions comiques en sa présence, et des après-midi sans elle aux côtés d'anciens camarades, squelettes à nouveau charnus. Peut-être avait-ce été une erreur de ne jamais lui avoir raconté, ni à elle ni aux filles ? Sarah, excédée, n'avait que mon humour concentrationnaire auquel se raccrocher. Elle relevait chaque jeu de mots, chaque fou rire, tout ricanement qui touchait de près ou de loin à une chambre à gaz. C'est pourtant de silence que je la couvrais et me voici à présent, emmitouflé dans nos draps aphones, sans elle.

Le Zyklon B ne me fait plus rire, j'ai perdu le goût de l'excès. Comme s'il était impossible de vivre deux deuils à la fois. Un humour vêtu de noir m'a épaulé puis abandonné devant cette nouvelle tragédie : à la perte de l'humanité a succédé la perte de l'amour.

Je me souviens de mon premier Seder avec Sarah, ou plus exactement des deux premiers. Nous n'étions pas encore mariés et avions rencontré nos familles respectives quelques semaines auparavant. Sa maigre famille nucléaire, un papa, une maman, et un frère aîné autiste. Ma maigre famille décimée, une tante épargnée par les rafles et ses trois enfants plus jeunes que moi, nés entre 1942 et 1945. Elle leur avait attribué des noms de défunts : l'un des fils portait celui de mon père, mort en déportation ; la benjamine portait celui de ma mère, sa sœur morte en déportation ; quant à l'aîné, il portait mon propre nom. Elle avait cru bon de le nommer ainsi en souvenir de son neveu parti vers l'Est, sans imaginer que je reviendrais. Comment ma cousine et mes deux cousins pouvaient-ils supporter cela ? Je n'en ai aucune idée. Comment une Juive avait-elle pu être si fertile en plein Holocauste ? Je ne le comprends toujours pas.

La première soirée pascale eut lieu dans la famille de Sarah, la deuxième chez les miens. La honte emboîta le pas à la terreur. Dès notre première rencontre, les parents de Sarah avaient été bienveillants à mon égard, ils m'avaient accepté parmi eux, orphelin revenu des camps. Mais sans le vouloir, cette famille aisée me renvoya immédiatement à mon manque de distinction et d'éducation, une faiblesse qui m'embarrassa jusqu'à la mort de mes beaux-parents. Sarah pouvait me rassurer autant qu'elle voulait, je n'étais pas des leurs.

Faire la conversation, manger avec discrétion, les bases d'une vie bourgeoise s'étaient envolées dans les latrines d'Auschwitz. Depuis mon entrée dans l'appartement jusqu'aux embrassades qui conclurent ce Seder, je demeurai pétrifié par les codes, pétrifié également par ce beau-frère imperturbable, silencieux, qui me fixait de ses yeux mornes et inquisiteurs. Je passai la soirée à mimer les complaintes pascales et forçai ma gorge à s'adapter aux airs inconnus lancés par le chef de famille. Mais toujours ce regard vide qui détournait mon visage. La torture s'accentua encore lorsque les chants s'arrêtèrent et que les parents de Sarah me lacérèrent de questions, petit à petit, point d'interrogation après point d'interrogation. La torture des avides de passé qui insistent pour explorer chaque détail de la vie des revenants. Et parfois leur présent.

« Vous êtes donc cuisinier, Salomon ? » La mère de Sarah voulut détendre l'atmosphère après que son mari m'eut posé une dizaine de questions à propos de la sélection à l'entrée du camp. « Vous devez être un fin cordon-bleu.

— Je suis cuisiniste, en attendant de trouver

mieux. Plus à l'aise avec un marteau qu'avec une casserole !

— Cuisiniste ? Quel métier original, se crut-elle obligée d'ajouter. Vous… bricolez, donc ?

— Oui oui, un vrai touche-à-tout. Par contre n'allez pas me demander de jeter un œil à votre four. Toujours cette petite appréhension malgré mon expertise dans le domaine… »

C'était sorti tout seul, ma première blague concentrationnaire. Une « classique » pour ce premier Seder chez mes futurs beaux-parents. Sarah ni personne n'osa réagir, le malaise de la situation m'avait libéré. Un raclement de gorge puis je m'excusai, je devais m'absenter un instant, et je partis me réfugier aux toilettes. Une bien étrange habitude de gendre, apparemment.

Le dîner se poursuivit sans autre forme d'interaction avec la famille de Sarah, ses parents me regardaient avec une pitié coupable. Je n'étais pas à ma place et leur bonhomie ne faisait que renforcer mon malaise. Quant aux yeux de son frère, ils ne cessaient leurs allers-retours entre mon visage et la nappe brodée. Ma blague n'avait rien changé. Il ronronnait les plaintes millénaires sans oser articuler ; quand la tablée le laissait chanter seul, mon futur beau-père complétait chacune de ses respirations pour éviter le silence, le rassurer et sans doute appuyer notre malheur : « Nous étions esclaves de Pharaon en Égypte, et l'Éternel notre D'ieu nous en a fait sortir d'une main forte et d'un bras tendu. Si le Saint, béni soit-Il, n'avait pas sorti nos pères d'Égypte, alors nous, nos enfants et nos petits-enfants serions restés asservis à Pharaon… »

Malgré ma piètre prestation, les parents de Sarah m'avaient adopté et continuèrent à m'accueillir avec une identique bienveillance. Malheureusement, ils moururent deux et trois ans plus tard, à un an d'intervalle, le temps pour ma belle-mère de vivre son deuil puis de s'éclipser et laisser sa fille devenir adulte avant d'être mère. « L'ordre des choses », j'avais osé murmurer ce lieu commun à l'oreille de ma femme après l'enterrement. Excuse-moi, ma sainte Sarah. L'ordre des choses, mais quel ordre, quel ordre y a-t-il à recouvrir le corps de celle qu'on aime d'une terre humide ? L'abandonner aux intempéries et aux vers de terre, heureux lombrics qui pourront contempler les dernières beautés de ma femme.

Le lendemain, nous remîmes le couvert chez ma tante pour le deuxième Seder, accompagnés de cette ribambelle de cousins névrosés. J'aurais dû préparer Sarah au choc. Elle me croyait dingue mais elle comprit bien vite qu'il y avait plus dégénéré qu'un rescapé : son homonyme.

La première partie du Seder se déroula sans encombre. Le dîner lui-même fut plutôt jovial, émaillé de souvenirs de mes parents que je connaissais par cœur mais que ma tante crut bon de remémorer, comme à chaque repas de famille, ce qui permit à Sarah de se faire une idée du caractère de son beau-père et de sa belle-mère qu'elle ne rencontrerait jamais. Des personnages sans doute fantasmés, nourris des images qui crépitaient dans la tête de ma tante comme autant de pommes de pin jetées au feu. Sarah se comportait avec assurance, d'un simple hochement de tête ou d'un regard complice elle savait combler son interlocuteur. La sœur de ma mère avait déjà adopté ma future femme et saurait exploiter cette oreille attentive.

Mais soudain, alors que l'Égypte semblait déjà loin, mon cousin Salomon interrompit les chants de Pessah en s'adressant à Sarah : «Est-ce que vous avez déjà fait l'amour ?

— Pardon ?

— Je demande si mon cousin et toi vous avez déjà fait l'amour. Le sexe.

— Cela ne te regarde pas, Salomon, tentai-je d'intervenir.

— Mais Salomon a le droit de me poser toutes les questions qu'il souhaite, Salomon ! Ton cousin et moi sommes amoureux, et nous comptons nous marier un jour, oui.

— Mais le sexe ?

— Après le mariage… »

Je faillis m'étouffer, il fallait absolument que je nous sorte de là. Sarah était bien trop docile avec Salomon.

« Et si tu te maries avec moi ?

— Tu sais, j'ai déjà choisi mon Salomon…

— Mais si tu changes d'avis ? Ou si tu veux te marier avec nous deux ?

— Je ne suis pas sûre que cela soit possible, tu sais. »

La voix de Sarah commençait à changer.

« Mariage à trois, sexe à trois ! »

Ma tante gloussait, les homonymes de mes parents aussi, j'étais en nage. L'inceste battit la Shoah à plates coutures ce soir-là, j'avais l'impression que jamais nous ne pourrions clore ce deuxième Seder à moins d'un miracle, peut-être la venue du Messie. J'avais pensé à lui, oui, moi le rescapé non croyant. Mon pervers de cousin aurait-il donc le pouvoir de prouver l'existence de D'ieu ?

Je me demande où Sarah se trouverait en ce moment. Sans doute en train de marcher discrètement dans la pièce, essayant de se préparer sans me réveiller. Ses pieds effleuraient les lattes du parquet, ils caressaient le sol sans fausse note. Je me demande, mais je sais que Sarah est partout. Sarah. J'aime murmurer son nom, j'aime la murer dans mes pensées pour empêcher l'oubli d'effectuer ses rondes. J'enroule ma femme dans nos tapis, dans nos rideaux, je démembre son image pour qu'aucun nazi ne puisse la rafler tout entière. Je remplace les abat-jour par ses prunelles bleutées, les oreillers par ses mains accueillantes.

Et je l'entends grogner, «Pourquoi les nazis, encore?». Elle en avait assez de cette Shoah permanente, mais est-il seulement possible de faire le deuil d'une plaie mémorielle? Infiniment elle s'infecte, elle pullule de sarcasmes. Alors, le dimanche après-midi, je m'éloignais jusqu'au café d'en bas où la guerre des camps faisait rage entre amis rescapés, notre Café-Shoah où je pouvais rire librement : «… ton Struthof, une cure vosgienne financée par cette foutue sécu… et les douches de Bergen-Belsen, du luxe comparées aux thermes de Baden-Baden… » Nos peurs les plus profondes se mélangeaient à nos larmes railleuses, nécessaires.

La haine de l'humour concentrationnaire qu'avait développée Sarah s'accentua après l'épisode des poissons qui avait – prétendait-elle – traumatisé nos deux filles. Denise avait huit ans, Michelle en avait six. J'étais allé avec elles à la fête foraine, une veille de 14 juillet. Après quelques tours de manège, elles me supplièrent de jouer à la pêche aux canards pour rafler un poisson rouge. La main ferme, je gagnai à deux reprises et mes filles repartirent, chacune, avec un sac en plastique rempli d'eau. À l'intérieur nageait une mini-bestiole à écailles. Dans la voiture, les voix aiguës se disputaient les noms à donner à leurs nouveaux amis quand je leur rappelai que c'était moi qui les avais gagnés et que j'étais donc en droit de les nommer. Silence à l'arrière. Rires au volant. Sarah rentra tard du travail et découvrit les deux poissons rouges nageant dans un grand saladier. Tout excitée, Denise fit les présentations : « Maman, voici Goebbels et Goering, ils sont frères. Et leurs noms commencent pareil ! Goebbels est à moi et Goering est à Michelle. » Sarah se décomposa, puis hurla. « Salomon ! »

L'un des deux poissons mourut au bout de quarante-huit heures sans qu'on sache qui du maître des airs ou de la propagande avait péri. C'est Michelle qui trancha en imposant à Denise le décès de son poisson. « Goering a survécu, c'est comme ça. Tu peux jeter ton Goebbels dans les toilettes, je le ferai pas pour toi. » Sarah et moi assistâmes à la scène bouche bée, et Denise s'exécuta en baissant les yeux. Sarah regretta rapidement cette passivité lorsque nous fumes convoqués, le lendemain, par la maîtresse de Denise qui nous montra son cahier de texte rempli de cœurs encadrant sept lettres naïves : *G-u-e-b-e-l-s.*

Puis elle me pardonnait, à chaque fois. Elle n'avait jamais pu m'en vouloir plus de quelques heures, sainte amnésique. Comment aurai-je la force de sanctifier le fruit de la vigne ce soir, la prière sur le vin qui inaugurera la soirée du Seder ? La douceur de Sarah est éternelle et c'est pourtant la mort que je verrai se refléter dans cette première coupe de vin. Au centre de la table, trône le verre du Messie susceptible d'arriver à tout moment. Mais cette nuit, cette nuit si différente, ne laissera aucun espoir au verre qui pour moi restera celui de l'absente. Ses lèvres ne s'approcheront pas du vin sanctifié au moment où les cinq bouches adultes et les deux bouches d'enfants boiront le premier des quatre verres du Seder. Une prière solennelle que je devrai réciter, la voix tremblante. Ajuster mes lunettes sur mes paupières pourtant closes que je n'oserai rouvrir qu'au moment de conclure la prière sur la vigne. Je préférerais m'assoupir, naviguer au milieu des souvenirs larmoyants de l'esclavage, pleurer en m'imaginant battu par le fouet des contremaîtres égyptiens.

Mais Sarah ne sera pas là et ce premier verre restera

plein. Pourquoi cette nuit sans elle ? Comment survivre à cette nuit trop identique ? Cinquante années que je n'ai pas célébré la fête de Pessah sans ma femme. Environ quarante que Michelle et Denise n'ont pas mangé de pain azyme sans leur mère. Les gendres préfèrent ne pas compter et les petits-enfants n'ont pas la notion du temps. Cette famille que Sarah chérissait tant. Denise et son Pinhas, l'affabulateur méditerranéen avec qui elle n'a pas eu d'enfant. Puis Michelle et Patrick qui ont mis au monde deux adorables démons. Tania, l'aînée, la rebelle. Et Samuel, aujourd'hui âgé de douze ans, un visage de poupon, lisse, pur, dont Sarah adorait parcourir chaque recoin de ses mains ridées lorsqu'il s'asseyait à côté d'elle aux dîners de famille. Toujours assis entre elle et moi lors du Seder. Pour écouter la Sortie d'Égypte, prêt à m'interroger à chaque occasion. Car il en est ainsi, la soirée de Pessah est la nuit de la transmission aux plus jeunes, la nuit des interrogations. Celle de la découverte du deuil.

Le livre de la Haggada énumère quatre types d'enfants auxquels les adultes peuvent avoir affaire en cette soirée : le Sage, le Pervers, le Simplet, et Celui-qui-ne-sait-même-pas-poser-de-questions. C'est à ce moment précis que nos deux monstres, Samuel et Tania, avaient l'habitude de se chamailler sous le regard attendri de leur grand-mère. Et ce soir, comme l'an passé, Tania lèvera la voix pour lire le premier passage en enfant modèle, « Le Sage, que dit-il ? ».

Samuel voudra raconter l'histoire du deuxième enfant mais les ongles de sa sœur pénétreront dans sa cuisse pour obtenir le silence. Puis le numéro continuera, comme à chaque fois. Elle enchaînera avec le deuxième fils, le Pervers, ainsi que les suivants en fixant Samuel avec un large sourire. Enfin, pour achever d'excéder toute la tablée, elle s'amusera à jouer avec les extrémités du keffieh enroulé autour de son cou. Tania l'exhibe pour nous irriter mais surtout, dit-elle, pour ne pas oublier les faibles en souffrance partout dans le monde. Tania a presque quinze ans et porte son engagement.

L'an passé, la correspondante de Tania assista à la scène sans oser bouger. Leyla semblait tiraillée entre la tension grandissante chez les convives et le plaisir de partager les traditions de cette famille d'accueil éphémère. Plusieurs semaines après le Seder, ma petite-fille me raconta même que sa correspondante n'avait, en fait, jamais passé de fête en famille. À la fin du dîner, lorsqu'elles s'étaient retrouvées dans la chambre de Tania, elles avaient discuté.

Leyla n'avait pas connu son père et avait grandi seule avec sa mère, dans le petit appartement berlinois qui avait hébergé Tania. Plus jeune, elle avait réclamé des frères et sœurs, puis essayé de convaincre sa mère de renouer des liens avec ses cousins restés en Turquie. Mais rien à faire, la solitude s'était étendue au fil des ans. Elle avait été heureuse de dîner devant la télé, à côté de sa mère, toutes deux affalées dans le canapé.

Puis elle avait rencontré d'autres enfants et découvert des façons différentes de terminer les journées. Raconter, se regarder.

Elle n'osait inviter personne chez elle, jusqu'à cet échange obligatoire avec une Française de son âge. La première amie qu'elle avait appris à connaître dans une langue étrangère, au milieu de sa famille juive excentrique, alors qu'elle n'avait jamais pu regarder sa propre mère dans les yeux plus d'un instant. Lorsqu'elles passaient un moment ensemble, elles étaient côté à côte, pas de face. Leyla avait dû apprendre à déchiffrer le profil de sa mère, à débusquer les humeurs aux coins des paupières, au niveau des tempes. La tristesse par exemple. Elle avait entendu mais n'avait jamais vu sa mère pleurer. Leyla savait qu'elle était préoccupée aux racines grisonnantes qui dévoraient sa belle chevelure noire, cette chevelure où elle aimait se réfugier. Mais elle ignorait le détail des traits de sa mère, la forme de ses lèvres. Pas de baisers, seulement un cou et de longs cheveux où s'évanouir.

J'essaie de prolonger la nuit en pensant à ce matin-là. Nous étions allongés. Le même lit, la même lumière qui s'adoucissait à travers les rideaux avant de frapper nos visages. De strier d'ombre nos lèvres encore jeunes. Les murs étaient alors recouverts d'une tapisserie à motifs jaunâtres dont je ne saurais me rappeler la forme exacte. Nous étions éveillés, une nuit sans sommeil joue contre joue, les yeux dirigés vers le plafond. Quelques heures plus tôt, Sarah m'avait annoncé qu'elle était enceinte, que nous serions bientôt parents. La surprise n'avait pas été totale, nous en parlions depuis longtemps déjà et je savais que nos discussions parfois tendues nous conduiraient jusqu'à cette nuit où Sarah poserait sa main sur la mienne et m'annoncerait la nouvelle. Denise naîtrait huit mois plus tard.

Aux discussions raisonnées qui avaient précédé l'annonce, succédèrent les crises d'angoisse. Comment abandonner un enfant à ce monde ? Au monde des camps, au XXᵉ siècle belliqueux qui n'offrait que les horizons du capitalisme à ses enfants rescapés. Je n'avais pas le cœur à rire cette nuit-là, je n'osais même pas invoquer Auschwitz. « Tu ne dis rien. » Évidemment, je ne disais rien, la peur me labourait l'estomac et les images des morts entassés se superposaient à chaque vision de notre nourrisson. Lorsque je pensais à ce bébé, je pensais aux chairs en décomposition. Brutes. Alors je serrai les dents, je serrai sa main, restai silencieux, incapable de plaisanter. Elle avait été déçue par ma réaction, j'avais balbutié des phrases aussi banales que paniquées, quand soudain le réveil. M'étais-je finalement endormi ? Les yeux encore fermés, mes doigts se chargèrent d'éteindre l'alarme alors que je tâchais de remonter le fil de mes pensées nocturnes. Pensées éveillées, songes puis rêves, sans que je puisse en discerner les limites. Sarah n'avait pas essayé de m'extirper du monde intérieur que je bâtissais égoïstement entre nous. Elle connaissait mon angoisse de la paternité, de ce futur à construire à l'aune des massacres, et pourtant elle était à côté de moi dans ce lit au moment où le réveil sonna. Avait-elle dormi ?

Je cherchai sa main sous la couverture, la trouvai enfin, fermée en poing au niveau de son nombril. Close, sans énergie. Je la recouvris de la mienne en tentant de dissiper les images que mon esprit avait fait naître pendant la nuit. L'accouchement, dans une maternité moderne, une pièce médicalisée où les appareils émettaient des sons stridents au rythme d'un cœur encore imaginaire. Une salle d'accouchement comme j'avais pu en voir dans les films. Sans plafond, pas même de verre, quatre murs et le ciel au-dessus de nos têtes. Sarah est allongée. Elle est tendue. Elle sue. Ses doigts frottent nerveusement sa blouse verte alors que le personnel hospitalier s'agglutine autour de ses chevilles. Je ne sais plus s'il s'agit de mon rêve ou bien de la naissance de Denise quelques mois plus tard, ou celle de Michelle. Les images se confondent sous ce ciel gris qui surplombe la salle d'accouchement. Les mêmes nuages noirs qui avalaient la fumée des crémations. Des reflets bleutés qui allaient et venaient au rythme des cris. Du pain béni pour psychanalyste.

De cet épisode, je me souviens surtout du silence que le réveil brisa, sonnant le début de ma vie de père. Il n'était plus question de s'interroger sur le bien-fondé de la paternité, ses opportunités, ses risques, la responsabilité, la culpabilité, le devoir, l'héritage et l'abandon. Je savais qu'un enfant, mon enfant, viendrait au monde malgré tout et malgré cette nuit.

Sarah se leva sans un bruit. Elle fouilla dans sa commode, sortit un gilet de cachemire. Je me redressai, elle commença alors à décrire à voix haute notre appartement non plus habité par un couple mais à présent par une famille. Théâtrale, elle voyait l'avenir et oubliait déjà sa déception. « Tu te rends compte, la chambre des parents… Notre chambre va désormais s'appeler la chambre des parents ! Allez, suis-moi, dépêche-toi un peu, Salomon, regarde la future chambre de notre fils, on va vendre ce fauteuil décrépit, ici il y aura le berceau et là une table à langer, il faut aussi que tu construises une armoire pour ranger toutes ses affaires, promets-le-moi, de tes belles grosses mains, j'ai tellement envie que notre enfant ait du mobilier fabriqué par son petit papa. Oui, tu vas être un papa, tu ferais mieux de t'y habituer, mon Salomon, plus un instant de calme à partir du moment où nous rentrerons avec notre bébé dans les bras, tu nous imagines tous les trois sur le pas de la porte, prêts à pénétrer dans notre nouvel appartement ? Nous allons tout repeindre, je veux des couleurs vives, je n'en peux plus de ce couloir angoissant, tu arrives à imaginer tous ces jeux, ces peluches, ces livres cartonnés qui joncheront le carrelage ? Jusqu'aux grandes fenêtres, pas un centimètre pour poser les pieds sans écrabouiller l'un de ses jouets. Allez, réveille-toi, Salomon ! Essaie de faire marcher ton imagination, tu le vois dans la salle de bains ? Barboter dans la baignoire pendant que tu te débattras avec le savon, tu ne pourras pas y échapper, je ne m'occuperai pas de tout tu sais, il va falloir assumer ton rôle de mari moderne... Il pourra venir se réfugier dans notre lit quand il aura mal quelque part ou qu'il voudra simplement chercher du réconfort près de nous. J'ai lu que la naissance d'un petit frère ou d'une petite sœur angoissait souvent les aînés. Quoi ? Nous n'allons quand même pas n'avoir qu'un seul enfant ! »

C'est de cette exclamation que je me souviens le plus précisément. Sarah me parlant d'un deuxième enfant alors que mon esprit était encore bloqué en gare de Drancy, direction Auschwitz. Je pourrais enfin lui répondre aujourd'hui, « Oui, je veux deux enfants, j'aime avoir deux filles, et j'aime encore plus avoir des petits-enfants », j'aimerais enfin lui répondre pour effacer la déception de cette nuit. Au cours de nos décennies de vie commune lui ai-je suffisamment dit que je ne regrettais pas, que la paternité m'avait rendu heureux malgré toutes mes craintes ?

Les jours passèrent et, à l'approche du terme, il fallut trouver un prénom. Sarah n'en démordait pas, nous n'avions pas besoin de chercher de prénom féminin, elle portait un petit garçon. Il s'appellerait Denis. Après quelques contre-propositions bien vite balayées je compris qu'il ne servirait à rien de l'affronter sur ces terrains, ni du genre ni du prénom, mieux valait se mettre en retrait pour éviter un conflit inutile. Nous ne nous étions que très peu disputés, Sarah et moi. Elle aimait avoir le dernier mot en toute occasion et j'ai toujours fui le conflit et les cris. J'ai malheureusement dû m'habituer à ceux de ma benjamine alors que j'avais su préserver le calme dans notre ménage à deux, puis à trois, avant l'arrivée de Michelle. Notre dernière n'osa pourtant jamais hurler directement contre sa mère ou contre moi, nous ne faisions qu'assister, spectateurs impuissants, à ses accès de violence dirigés contre sa sœur d'abord, contre son mari, puis son beau-frère. Parfois contre mes petits-enfants.

Si mes blagues concentrationnaires irritaient Sarah, ces débordements l'attristaient profondément. Elle se sentait coupable de ne pas avoir su canaliser notre seconde fille (qui devait être un garçon, Michel, l'instinct maternel de Sarah ne pouvant la tromper deux fois). Jamais elle ne cessa d'aimer nos filles, avec la même énergie, avec la même sincérité. Elle aurait tant voulu donner naissance à un garçon mais je savais aussi que son amour maternel ne laisserait aucune place à l'amertume ni à la déception. Elle balayait les contrariétés d'un battement de cils, nous aimant ainsi. Ma sainte Sarah.

Le jour s'étire puis s'installe. Aurai-je la force de revoir le soleil, demain encore ? Le cardiologue a eu du mal à cacher son inquiétude, je dois me préserver et éviter les émotions trop fortes en espérant que cette nouvelle nuit ne m'achève pas. Bientôt Michelle sera chez moi, en train de préparer le plateau du Seder, elle aura apporté le nécessaire. Mes filles et mes gendres ont été formels, je ne dois pas me fatiguer, ils s'occupent de tout. Michelle avait l'habitude d'arriver en avance pour aider sa mère à disposer les aliments pascaux : céleri, raifort, laitue, un os grillé, un œuf et un bol plein de Harosset dont j'expliquerai la symbolique avant que les petits se jettent dessus, impatients, « On sait, papi, une pâte sombre qui nous rappelle le mortier utilisé par les enfants de Jacob pour former les briques des palais égyptiens ». Dattes, pommes, figues, noix, vin, épices, répétait Sarah d'année en année, puis les enfants s'empiffraient de cette pâte brunâtre et sucrée. En fonction des dosages, un Harosset ne ressemble jamais au précédent : moins compact, plus doux, parfois aviné.

L'an passé, Pinhas avait eu l'affreuse idée de critiquer la préparation, trop amère à son goût. Et surtout trop différente de celle que l'on engloutissait à la grande cuiller dans sa propre famille. Sarah tremblait de colère alors que les insultes se télescopaient dans la tête de Michelle. Et Denise qui essayait d'apaiser l'atmosphère pour éviter un déferlement de haine raciste contre son pauvre mari séfarade. Je tentai de l'aider en rappelant l'existence d'une multitude de traditions, d'infinies variantes entre deux soirs de Seder et plus généralement entre deux fêtes juives. «Difficile de s'y retrouver entre les Alsaciens, les Polonais, les *Séfarabes*... Allez, Pinhas, ne fais pas la grimace, tu as vu ton teint ? Et tes manières ? Qui d'autre qu'un Arabe ferait tourner un plateau au-dessus de la tête des invités ?

— Tu ne peux quand même pas nous comparer aux Arabes, Salomon ! J'ai encore égorgé personne ! » Rire étouffé et clin d'œil en direction de Leyla. Tout le monde se liquéfiait à table. « Et puis, on n'est pas tous pareils au Maghreb, on peut pas comparer les Tunisiens et les Algériens. Sans parler des Marocains ni des Meknassis ! Rien d'insurmontable lorsqu'il s'agit de nourriture : couscous avec ou sans merguez, raisins secs pour les plus originaux. Mais quand on s'attaque aux *clochers*... Mon père me racontait cette célèbre histoire, l'arrivée d'un capitaine sur une île déserte où avait échoué un Juif quelques années plus tôt. Il avait eu le temps et la force de se construire une maison et deux synagogues. "Pourquoi ?" l'interrogea le marin. L'une pour prier, l'autre pour ne surtout pas y mettre les pieds. » La blague de Pinhas permit d'éviter un drame, mais je savais que ni Tania ni Michelle ne s'en contenteraient. Et encore moins Sarah dont on avait attaqué les talents culinaires – il faudrait quelques heures avant d'adoucir son humeur.

C'est elle qui dirigeait la cuisine, je n'ai jamais été qu'un simple coursier régalant son frigidaire et ses placards, avant de m'éclipser pour la laisser seule dans son antre construit de mes mains. Je sortais à petits pas, sans lui tourner le dos, regardant ses gestes précis lorsqu'elle plongeait dans les sacs pleins à craquer. Quand elle était absorbée par la préparation d'un dîner de fête, je savais que j'avais quelques heures devant moi et me dirigeais vers la boîte à chaussures où s'empilaient – à l'insu de Sarah qui les pensait perdues dans la cave – les photos de notre mariage. Je la dissimulais derrière mes costumes suspendus, Harpagon soucieux de préserver sa cassette. Aux photos se mêlaient des listes de courses que j'avais minutieusement dissimulées, toutes écrites de sa main. L'émouvant souvenir de ces festins annoncés noir sur blanc. Mais je n'ai plus besoin de cacher ma boîte à présent, les photos et les mots arrondis de Sarah sont sortis de l'ombre. Tout autour du lit s'étalent des feuilles déchirées et des dos d'enveloppes griffonnés. La sensation de solitude est encore plus pesante lorsque je pense à mes habitudes maladives, aux rituels intimes, presque maniaques. Et cette boîte qui dégorge en pleine lumière depuis la mort de Sarah.

Je tends le bras, plonge une main peu sûre dans l'amas de listes, en pioche une au hasard. Pas de date, elle pourrait avoir dix ou vingt ans. 1 botte de radis, 1 oignon rouge, 1 pot de fromage blanc (vérifie la date), 1 kg de farine, 12 œufs, tablettes de chocolat (au moins 2, mais pas plus de 8, n'oublie pas ton régime). Toujours ces petits commentaires pour me distraire et m'accompagner de sa voix jusqu'au rayon frais. En saisissant la liste, une photo apparaît. Le voile de Sarah est renversé sur ses cheveux remontés en chignon, à sa droite ses parents qui sourient à la foule venue applaudir les mariés. J'observe sa main gauche agrippée à mon avant-bras. Mes parents auraient aimé me voir en costume devant les portes de la synagogue. D'où ils se trouvaient ils devaient m'observer, comme Sarah me regarde aujourd'hui. Peut-être seront-ils ensemble pour passer cette soirée du Seder, ensemble pour sortir d'Égypte sans s'être jamais vus auparavant ? Je n'avais pas réussi à trouver d'images de mes parents que j'aurais pu montrer à ma femme ; mon père, ma mère et moi avions été déportés en même temps. Laissant nos boîtes à chaussures derrière nous.

En arrière-plan, près de mon cousin Salomon, se cache Monsieur David, le traiteur chéri de Sarah qui avait failli gâcher notre dîner de mariage, la Bat-

Mitzva de nos filles et le mariage de Denise. Michelle avait bien entendu perdu son calme quelques minutes après sa première entrevue avec lui, et décidé de faire appel à un autre prestataire. En y repensant, ce fut une sage décision, l'estomac de Patrick aurait eu beaucoup de mal à cumuler le stress de son propre mariage et l'insalubrité des cuisines de Monsieur David.

Il était là, à l'arrière-plan, sans qu'on ait jamais pu comprendre comment il avait réussi à combler deux cents estomacs en jouant au mannequin sur le parvis de la synagogue. Je l'avais rencontré quelques mois plus tôt lorsque nous nous étions attablés pour discuter avec lui du menu de la réception. Je m'étais tu et avais laissé Sarah épiloguer sur la disposition du buffet d'entrées, le nombre de haricots sur chaque assiette et le parfum des sorbets. Puis l'interminable négociation du coût par personne. Malgré son apparente discrétion, Sarah était une autre femme quand elle négociait. Les tractations duraient des heures, elle ne cédait jamais quand elle sentait que son adversaire pouvait craquer. Monsieur David et elle s'étaient parfaitement trouvés, ils prenaient un plaisir à peine dissimulé à entrer dans l'arène pour chaque devis. Sarah n'en dormait plus pendant des jours et se préparait comme une sportive avant un championnat, nous ne mangions que des sucres lents au dîner, la veille du rendez-vous.

Sarah avait ce malheureux tic quand elle entrait en négociation : le majeur dressé – les autres doigts repliés pour mettre à l'honneur le doigt central – lissait nerveusement ses sourcils. Pour ceux qui la connaissaient, qui savaient son infinie douceur, il était impossible de lui prêter quelque intention malveillante. Mais le gendarme qui nous avait arrêtés sur la route du retour des vacances ne connaissait visiblement pas ma belle Sarah. « Monsieur l'agent, mes petites filles sont épuisées, elles ne cessent pas de crier. Je n'ai pas fait attention au compteur. » Assis sur le siège passager, j'essayais de ne pas regarder. Mais je savais que le doigt avait commencé son travail. « Monsieur l'agent, je vous en prie...

— Vous vous foutez de moi ?

— Ce que je veux vous...

— Un doigt d'honneur devant vos gamins, vraiment ?

— Mais non, je, ce n'est pas ce que...

— Sortez immédiatement de la voiture ! »

Les cris reprenaient de plus belle à l'arrière, Denise et Michelle hurlaient alors que leur mère ouvrait sa portière. Le gendarme fouilla Sarah, nous fit tous descendre, et inspecta la voiture. Je lui expliquai le tic de ma femme mais rien n'y fit, il me demanda si j'avais mon permis puis embarqua Sarah.

Elle passa plusieurs heures au poste avant de pouvoir sortir, les yeux rougis par les larmes. Je l'attendais bien entendu, et la pris dans mes bras pour la rassurer. « Allez, tout est terminé. Franchement, on n'est pas si mal assis. Je peux te dire que c'est plus confortable qu'au Vélodrome d'Hiver, ça s'améliore à la gendarmerie !» Sarah n'eut pas la force de répondre.

Patrick, quel cliché d'Ashkénaze. Le type de Juif qui
ne veut de problème avec personne, qui préférerait
se faire tatouer une croix gammée sur le front plutôt
que demander à un gamin de baisser le volume de sa
radio. Je n'arrive pas à savoir si mon gendre me fait de
la peine ou si j'admire son courage d'avoir épousé
Michelle, d'élever deux enfants avec la peur au ventre.
Mais quand même, ce regard baissé en permanence.
Quand je pense à sa mère qui fut une si belle femme,
vive, active et joyeuse, comment a-t-elle pu engendrer
cette petite chose effrayée? Mon gendre hypocon-
driaque qui développe des urticaires géantes à chaque
fois qu'il se rend chez le dentiste, persuadé que des
cellules cancéreuses ont envahi son corps jusqu'aux
gencives, et qui survit pourtant à toutes nos fêtes de
famille. Lorsqu'on connaît la violence des joutes entre
Michelle et Pinhas, entre Michelle et Denise,
Michelle et les enfants, comment fait-il pour ne pas
tout plaquer et rejoindre de plus calmes contrées?
Est-ce la peur qui le retient parmi nous? Ou bien son
amour pour sa femme qu'il regarde – malgré les cris
et les empoignades, malgré ses diarrhées nerveuses –

avec la douceur d'un nouveau-né.

Patrick, un petit Juif qui arrive toujours quelques minutes avant l'heure prévue. Michelle lui emboîte le pas avec les enfants, sans jamais chahuter son obsession des horaires. C'est d'ailleurs l'éducation que Sarah et moi avions donnée à nos filles, la ponctualité est glorifiée dans la famille. Pinhas a par contre peu à peu retiré sa rigueur judéo-alsacienne à Denise, l'infatigable péroreur et notre fille sont toujours en retard, sans que nous puissions leur en vouloir. Après tout, mon gendre était parvenu à dessiner ce sourire sous les paupières de mon aînée. Si elle pouvait rire, son visage n'avait jusqu'à sa rencontre avec Pinhas jamais rayonné. Sarah aimait ce nouveau regard, elle pardonnerait tous les retards pour voir le visage lumineux de Denise au bras de son mari. Notre fille avait tant changé depuis qu'il était entré dans sa vie, comme si la légèreté orientale de Pinhas l'avait libérée. Nous savions pourtant que les soirées de fête aux côtés de sa sœur gommeraient pour quelques heures la félicité de ses traits, un cri suffisant à abîmer la courbe de ses lèvres heureuses.

Patrick, ce Juif imaginaire en toute circonstance : le dos voûté, l'air en permanence accablé par notre histoire. Aucun déporté à signaler dans la famille, je sais pourtant que l'humour concentrationnaire ne lui plaît franchement pas. Son regard indigné n'aide pas Michelle à se détendre, mais lorsque ses yeux s'humidifient d'émotion à la moindre prononciation du mot « Shoah », c'est moi qui suis à deux doigts de me mettre à hurler. Les parents de Pinhas devaient griller des sardines sur la plage pendant que nous partions en fumée, mais lui au moins ne prend pas sa mine affligée quand je ris des camps. Le génie séfarade réside peut-être dans cette jovialité à toute épreuve, cette insouciance parfois énervante. Eux aussi sont des errants après tout, comment auraient-ils survécu sans le rire ?

Les rêveries que mes paupières protègent du jour s'échappent à chaque battement, mes mains repoussent la couverture d'un geste las, mes coudes m'aident à me redresser. Il faut se lever. Je me retrouve assis devant sa commode, respire longuement, me redresse avec l'envie de quitter cette pièce au plus vite et laisser reposer l'intimité de notre chambre. Je m'appuie sur le meuble pour reprendre mon souffle et sens sa main se poser sur la mienne. La main de Sarah m'obsède, nos mains qui ne se quittaient jamais. Nos mains qui mangeaient, nos mains qui s'endormaient. Ces paumes qu'il nous était impossible de décoller, bâties l'une pour l'autre. Comme une roche épouse l'eau qui la lèche chaque jour.

Je laisse la porte ouverte derrière moi, remonte le couloir jusqu'à la salle à manger. Ma respiration devient de plus en plus difficile, il faut que je m'asseye. Par réflexe me voilà à ma place, maître de cérémonie siégeant en bout de table. Pessah est déjà partout, les boîtes de Matsot ont envahi l'appartement et les chaises n'attendent que la tombée de la nuit pour supporter la famille réunie. Sans elle.

Samuel sera assis à ma gauche, j'entends déjà retentir la voix hésitante de mon petit-fils, « Pourquoi cette nuit est-elle différente des autres nuits ? ». Ses yeux me fixent, il me supplie de répondre en entamant un imperceptible basculement d'avant en arrière. « Pourquoi cette nuit ? » Et les yeux de sa grand-mère entre les cils de l'enfant, « Pourquoi cette nuit sans mamie ? ». Sarah que j'ai aimée chaque jour davantage depuis notre rencontre, un amour façonné au rythme des rides se creusant, gravé dans nos chairs comme un sillon qui prolonge le regard. Ses yeux bleus et ses longs cils dont Samuel a hérité.

Les épaules de mon petit-fils se relâchent et emportent avec elles tout son corps dans l'infime va-et-vient, la sainte bascule porteuse de douleur et d'espoir. « Papi, pourquoi cette nuit ? » Samuel sentira la présence de sa grand-mère, ce souvenir charnel de la main qu'elle posait sur son front. Sa paume qui s'évanouissait comme un voile, qui frôlait ses lèvres, s'échappait. « Pourquoi cette nuit est-elle différente des autres nuits ? » D'une seule voix, sa sœur, ses parents, son oncle, sa tante et moi le soutiendrons alors pour compléter chacune des questions dont l'hébreu préserve le mystère. Ces quatre questions qui ne suffisent pas à expliquer le deuil, qui permettent pourtant de percevoir l'absence. « Pourquoi cette nuit ? Pourquoi la Matsa et pourquoi ces herbes amères ? » Nous qui ne savons plus à qui nous nous adressons, qui cherchons des réponses ; qui interrogeons la mort.

Dans ma tête le chant se termine, mais ma mémoire nourrit le flot des prières pour que jamais il ne tarisse. Il y a la Sortie d'Égypte et le chant des quatre fils. Il y a Jacob et les enfants d'Israël, devenus aussi nombreux que les étoiles du ciel. La poésie se mêle à la souffrance, chantée et répétée à devenir fou. Chanter la servitude et s'adresser à D'ieu, comme il est dit, jusqu'à la libération du peuple esclave. « L'Éternel nous sortit d'Égypte, non pas par l'intermédiaire d'un ange, ni même d'un séraphin, ni même d'un messager. Le Saint, béni soit-Il, agit Lui-même, dans toute Sa gloire. » Et je prie pour avoir la force de sortir avec mes filles et petits-enfants, pour que mon cœur endeuillé ne m'abandonne pas comme j'ai abandonné Sarah à la terre.

L'abandon, parfois nécessaire pour survivre. Ma tante était décédée il y a déjà plusieurs années, le frère et la sœur de mon cousin homonyme nous avaient quittés quelques mois auparavant. Malgré son comportement étrange, je ne pouvais pas laisser Salomon sans famille pendant les fêtes, surtout à Pessah. Depuis la première rencontre avec Sarah, il n'avait cessé de vouloir la séduire. J'avais préféré garder une certaine distance, notamment depuis la naissance des filles, mais comment l'abandonner, seul face à Pharaon, sans autre forme de procès ?

Michelle et Denise avaient déjà croisé mon cousin au cours des rares événements familiaux pendant lesquels les membres vivants de la famille se retrouvaient, pour célébrer une naissance ou une Bar-Mitsva. Elles ne lui parlaient que rarement – Sarah et moi formions une barrière infranchissable entre mon homonyme et notre descendance – mais lorsque Salomon s'assit tout sourire face à mes deux filles au début de ce Seder, je sus que jamais plus je ne pourrais partager de pain azyme avec lui, que jamais plus nous ne le recevrions à notre table. Denise était tout juste majeure, elle avait décidé ce soir-là de nous demander la permission d'emménager avec des amies en collocation.

Salomon s'était bien tenu jusqu'alors, sans un mot déplacé à l'endroit de Sarah, quand il comprit que Denise allait peut-être accéder à l'autonomie. Mon cousin n'avait pas d'âge, mais son visage était celui d'un vieillard lorsqu'il se tourna vers ma fille aînée. Il saisit la bouteille de vin pour resservir Denise et se mit à défendre sa demande, argumentant à la place de l'adolescente. Ce grand cousin, d'habitude si distant et effrayant, se démenait pour qu'elle gagne sa liberté, elle lui agrippa alors la main d'excitation, cherchant son verre de l'autre. Salomon jubilait, il posa l'autre main sur celle de ma fille, devant les yeux horrifiés de Michelle… Le majeur de Sarah commençait à attaquer ses sourcils, mes ongles griffonnaient la nappe blanche, personne n'osait intervenir. Quand soudain, un hurlement. Une femme battue par les fouets égyptiens ne se serait pas égosillée avec autant d'énergie.

Salomon avait confondu le pied de Denise avec celui de Michelle.

« Ooh ! Tu dégages ton pied d'ici ! Sale pervers ! » Denise ne comprenait pas pourquoi sa sœur gueulait ainsi, toujours à vouloir se faire remarquer. Mais lorsque je me levai je vis une chaussette crasseuse se frotter contre le mollet de ma benjamine. Lui riait, Michelle gesticulait. « Salomon ! Fais quelque chose ! » cria Sarah, « J'essaie, mais ta fille ne m'aide vraiment pas… » ironisa mon cousin. Pour la première fois de ma vie, je décrochai une droite. Je mis toutes mes forces dans ce coup porté au visage de mon homonyme qui s'effondra puis se recroquevilla instantanément. Salomon pleurait en tâtant son visage tuméfié. Je partis à la cuisine chercher des glaçons – ma main me faisait terriblement mal – et pris sans réfléchir le couteau qui se trouvait sur le plan de travail. Ce même couteau que j'utilise chaque année à la veille de Pessah pour débusquer les miettes de pain et de gâteaux proscrits. Je respirai profondément, commençai à sentir le haut de ma cuisse gauche me démanger comme lorsque j'étais enfant, dans le camp. Puis ma main qui me faisait terriblement mal. Sans prendre le temps d'ouvrir le congélateur, je repartis vers la salle à manger, menaçant, tenant cette lame hésitante et aussi tremblante que moi.

L'aine me démangeait, il fallait que je me gratte. C'était la tension sans doute, la sudation excessive qui s'était engagée dans chaque creux de mon corps. Je ne quittais pas Salomon du regard et les yeux de Salomon ne quittaient pas ma main. Mais il n'y avait que la démangeaison qui occupait mon esprit à ce moment. Sarah se décida enfin à intervenir. « Repose ce couteau Salomon, ton cousin va partir. » Se tournant vers lui : « Allez, tu sors maintenant, dépêche-toi. » Mes muscles étaient tendus et mes yeux ne parvenaient plus à discerner ce petit monde. Michelle et Denise n'étaient que des fantômes, Sarah qu'une voix. Lentement, je sentis mon cousin se diriger vers la sortie, je ne bougeai pas. Étais-je capable de lui courir après, de planter la lame entre les omoplates de celui qui porte mon nom. Il n'y avait que des ombres autour, j'étais assoiffé, rongé par les poux et les puces, par l'hypermnésie de mon corps.

La porte claqua. Mon poing lâcha l'arme et se décrispa en même temps qu'il descendit vers le pli de ma jambe. Un peu plus près. Je me mis à gratter frénétiquement sans pouvoir m'arrêter, une chaleur aussi jouissive que douloureuse m'embrasait la peau. Je n'avais plus de prise sur mon corps. Sarah s'approcha de moi, posa son nez gelé dans mon cou, m'embrassa. Mes gestes nerveux ralentirent, finalement s'arrêtèrent, et la brûlure se dissipa. Les images par contre, celles que je pensais enfouies, celles qui défilaient devant moi à ce moment, ne me quittèrent plus jamais. Les corps dévorés par le typhus, nos bourreaux au regard amusé. Que serais-je capable de leur faire si je les retrouvais ?

Nous ne reparlâmes pas de ce soir-là, ni avec Sarah, ni avec mes filles. Salomon disparut de notre vie pour toujours.

Qui peut sonner à cette heure-ci ? Michelle a les clés et il est un peu tôt pour le Messie. J'espère que ce n'est pas le voisin d'en haut qui vient me voler du sucre, je vais finir par lui en offrir un paquet. Lahaye, Dehaye, je ne sais plus comment ce roux s'appelle. Ou bien un colporteur ? Et ça insiste, de bon matin, la Gestapo avait au moins le chic de s'annoncer quand elle tambourinait à la porte. Un peu de patience, c'est incroyable, ça !

« Oui ?... Oui ?... » Personne ne répond, rien dans le judas. J'ai été trop lent ou quelqu'un s'amuserait-il avec mes nerfs ? Je n'aime pas ça. Je demanderai à Michelle d'aller voir si c'est le rouquin qui cherche à sucrer ses fraises.

« Papi, pourquoi n'a-t-Il rien fait lorsque tu étais à Auschwitz ? » La question de Tania avait étonné toute la tablée, l'an passé. « Tu crois en D'ieu maintenant ? » Ma petite-fille avait levé les yeux au plafond. « Sérieusement ? Tout le monde sait que c'est l'opium du peuple. Je te demande pas s'Il existe, j'aimerais savoir pourquoi tu racontes toutes ces histoires alors qu'aucun D'ieu n'a rien fait pour toi, ni pour personne. Vous comprenez rien, vous êtes tous des réacs. Et votre petit monde bourgeois en voie d'extinction... C'est ça, tu peux toujours rigoler, tonton. »

J'aime me remémorer les interventions de Tania auxquelles ses parents n'ont même plus la force de réagir. Peut-être à cause de ma responsabilité dans cet engagement précoce. Sans le dire à Michelle ni Patrick, j'avais emmené ma petite-fille à un rassemblement silencieux il y a deux ans. Tandis que Sarah faisait les courses au supermarché, j'avais préparé une immense banderole dénonçant les barbares qui avaient enlevé et tué un jeune Juif. Aucune référence au nazisme – même si l'envie ne manquait pas – mais une phrase sobre pour pleurer ce gamin *coupable* d'être juif. Tania avait décoré le tissu avec une frise entourant les quelques mots, et dessiné des cœurs au-dessus des « i » du prénom et du nom de la victime.

Nous nous étions tenus côte à côte au milieu de la foule et avions ressenti ensemble la tension, l'électricité d'une revendication encore floue pour Tania. Elle avait flairé pour la première fois la chaleur et la puissance de la masse, elle avait commencé à prendre confiance au milieu des adultes. Tania connaissait à peine la gauche et la droite, encore moins leurs extrêmes respectifs, mais elle avait rencontré l'élan vital de l'engagement avant même de découvrir l'amour. Ma petite-fille y consacrerait sa vie, m'avait-elle dit. En ce jour de deuil collectif, Tania avait ressenti le plaisir politique.

Samuel avait profité de la question de sa sœur pour sortir discrètement son téléphone mais l'œil de Michelle, aussi vigilant que hargneux, avait roulé dans sa direction. « Ooh ! Donne-moi cet appareil ! C'est le Seder, t'as rien d'autre à faire qu'envoyer des messages ? À chaque fois que ta sœur ouvre la bouche on croirait entendre le Che, mais elle s'intéresse, elle au moins. Tu pourrais faire semblant. » Je repris la parole, « Ma petite Tania, D'ieu ne fut pas toujours là, tu as raison. Il m'a fallu beaucoup de temps avant de m'adresser à nouveau à Lui, jusqu'à la naissance de Denise. Heureusement, il y a eu des Justes et des résistants. Certains Juifs doivent même la vie à la déci-sion arbitraire d'un nazi qui, par intérêt, conscience, sadisme peut-être, décida de laisser s'enfuir sa victime. Il y a des dizaines d'histoires et beaucoup d'incompréhension des années après. Dans mon cas, c'est une main qui m'a poussé hors du camion alors que nous étions en route vers la clairière où nous piochions chaque jour jusqu'à épuisement, juste une main... »

Jamais je n'avais tant parlé, même Sarah ne connaissait pas cette histoire. Il y eut un grand silence afin de m'inciter à poursuivre mais j'en profitai plutôt pour tester mes nouvelles blagues. « Savez-vous ce qui était écrit à l'entrée des chambres à gaz de Sobibor ? "Attention à la marche" ! » Je riais, je riais. « Et savez-vous pourquoi il y avait deux portes à l'entrée des douches de Treblinka ? – Papi... – Allez, un indice, il y avait une porte bleue et une porte rouge. Tu comprends Leyla ? *Blau und rot, warum ?* » Bruit d'estomac. Les regards se tournent vers Patrick. Mais pas question de louper la chute : « Butane ou Propane, vous pouvez choisir ! »

Je m'étouffais de rire et postillonnai sur Leyla qui s'essuya timidement la joue. Sarah posa sa main sur la mienne en m'assassinant d'un battement de cils. C'était le triomphe, des semaines que je les préparais, elles auraient un succès fou au prochain Café-Shoah. Bien sûr, Michelle et Denise sont comme leur mère, incapables d'apprécier mon humour à sa juste valeur. Ne parlons même pas de Patrick qui dut rassembler tout ce qui lui restait d'amour-propre pour ne pas filer se réfugier sur le trône. Heureusement que mon autre gendre fut à la hauteur, quel plaisir de voir sa lèvre supérieure s'animer. Et sa petite moustache taillée accompagnant cette bedaine qui se trémoussait en rythme.

Denise décida de calmer tout le monde d'une voix démesurément mielleuse : « Ce n'est peut-être pas le bon soir pour débattre de l'existence de D'ieu, chérie. » Elle avait rapproché la bouteille de vin et ne cessait de se resservir, ce qui ralentissait encore son débit de paroles. Patrick prit également sur lui et, sentant que sa femme allait exploser, la caressa délicatement dans le dos afin d'atteindre le début du repas sans trop de dommages. Il pourrait alors se réfugier en cuisine avec Sarah pour apporter la dernière touche aux plats qu'elle dresserait. C'est dans cette pièce où il parvenait à se retrouver seul avec sa belle-mère qu'ils échangeaient leurs petits secrets. Astuces pour accommoder les viandes mais aussi conseils pour gérer le reste de la famille. Sarah avait une vision très juste de la personnalité des uns et des autres, elle pouvait prédire chaque réaction, des plus réservées aux plus colériques.

La mère et le mari confrontaient généralement leurs expériences avec Michelle, les causes de ses débordements, leurs plans de bataille pour la canaliser. Sarah se renseignait toujours : Michelle avait-elle bien dormi ? À quelle heure était-elle rentrée du travail ? Combien de tenues avait-elle essayées ? Et les enfants l'avaient-ils déjà poussée à bout ? Patrick faisait en sorte de ménager ces moments d'intimité avec Sarah. Mon gendre avait compris son besoin de respirer avant de s'installer à table où l'atmosphère était déjà électrique.

Le soir de notre mariage, c'est ma tante qui avait failli ruiner le dîner. Elle avait renvoyé son plat en demandant au chef de venir s'excuser pour le manque d'hygiène, bien visible sur l'assiette pâle. Un poil. Elle insistait, gesticulait, il fallait que tout le monde sache qu'elle voulait parler à un responsable. Sarah tremblait à l'idée que la fête pût être gâchée. Monsieur David arriva alors, plein d'assurance, et lui demanda ce qu'il pouvait faire pour elle. Elle lui expliqua la situation mais le traiteur ne se sentit pas davantage concerné et joua les séducteurs avec ma tante, veuve depuis bien longtemps. Il retira le poil de l'assiette et l'avala en clamant haut et fort que son personnel se douchait – évidemment – sous ses yeux avant d'enfiler le tablier, et qu'il se portait – évidemment – garant de chaque cheveu, de chaque peau morte qu'on trouverait dans une assiette. Puis il prit ma tante par la main, me lança un clin d'œil, et partit avec elle vers les fourneaux. Quand ils revinrent, ils semblaient changés, peut-être l'effet d'un verre d'alcool ou de quelques mots doux susurrés. Sous les yeux médusés de mes trois cousins, le traiteur entraîna alors ma tante vers la piste de danse, rapidement suivis par Salomon qui se joignit à la ronde infernale. Il riait fort, sautait, criait. Le trio menaçait de glisser et de s'effondrer sur la piste.

Sarah leur emboîta le pas, encore plus belle que lorsqu'elle avait monté les marches vers l'autel. Ce Monsieur David était décidément parfait, nous pouvions poursuivre la fête, tournoyer de cercle en cercle au rythme des chants hassidiques et, alors que nous nous retrouvâmes face à face pour nous défier avant une nouvelle danse endiablée, les lèvres de Sarah dessinèrent un « merci » silencieux. Était-ce pour cette magnifique fête ou bien en prévision de la vie que nous passerions ensemble ? Jamais je n'osai lui demander le sens de ce mot évaporé, et j'y pense encore aujourd'hui. Savait-elle que je l'enterrerais un jour ?

Après la naissance de Samuel, Michelle avait décidé de ne reprendre son travail qu'à temps partiel, se réservant quelques heures d'intimité avec ses enfants. Sarah et moi avions pourtant attendu avec impatience notre retraite pour enfin aller chercher les petits à la crèche puis à l'école, profiter de ces fins d'après-midi avec Tania et son petit frère. Mais il n'y a rien à faire face à la volonté d'une mère, surtout quand elle a le caractère de Michelle. Nous avions alors construit une relation fractionnée, intense bien sûr, sans la routine quotidienne d'une famille. Ils n'étaient pas nos propres enfants, nous ne l'admettions pas encore.

Après la naissance de Samuel, la nervosité de Michelle avait décuplé, son impatience prenait peu à peu le pas sur ses phases apaisées. Depuis toute petite, elle avait l'habitude d'opposer une réaction brutale à la moindre frustration sentimentale ou matérielle, mais avec la naissance de son second enfant, son caractère avait encore empiré. À la maternité, lorsque Sarah lui avait confié qu'elle avait toujours désiré un fils et que ce merveilleux jour était arrivé, Michelle avait explosé de colère. « Ce n'est pas ton fils, tu comprends ça, maman ? Et puis nous, Denise et moi ? Nous sommes des enfants de seconde catégorie ? » C'était dur à encaisser pour Sarah, personne ne pouvait la suspecter de ne pas aimer nos filles, bien au contraire. Ma femme sortit de la chambre la tête basse, Patrick l'accompagna. Lorsqu'il revint, il eut soudain l'étrange impression que le monde alentour murmurait. Son ouïe lacunaire irrita bien vite Michelle qui l'obligea à porter un appareil auditif.

La rage de ma benjamine avait fluctué au cours de sa vie. Elle avait d'abord mûri au contact de Denise, lorsqu'elles étaient petites, et s'était calmée quand leurs vies avaient pris des chemins divergents, notamment après l'emménagement avec Patrick. Il y eut la naissance joyeuse de Tania, puis le second accouchement, suivi par cette colère noire et inflexible.

Denise n'aurait pas d'enfants avec Pinhas, elle le disait sans gêne, mais elle aimait Tania et Samuel comme ses propres petits. Denise avait été une enfant triste, une adolescente réservée et une femme terne jusqu'à sa rencontre avec Pinhas. Michelle pouvait se moquer d'elle, de son mari aux étranges manières, mais c'était injuste de lui reprocher l'amour qu'elle portait à ses neveu et nièce… Après la naissance de Samuel, Michelle ne fit plus aucun effort envers sa sœur, elle entreprit au contraire de la mettre à distance de sa vie et de son foyer. Depuis, Denise s'était mise à boire aux repas de famille, ne parvenant plus à voir sa sœur sans noyer son stress dans l'alcool. Cette situation attristait beaucoup Sarah, elle détestait voir Denise trembler devant Michelle, imaginer la brutalité de leurs sentiments l'une pour l'autre. Comment se passera ce Seder auquel aucune de mes filles n'a envie d'assister ? Je n'en sais rien et j'ai peur. J'ai peur de quitter ce monde, d'y abandonner deux sœurs bientôt esseulées.

Ma femme exigeait l'attention de tout le monde au moment d'énumérer les dix plaies, passage décisif avant la Sortie d'Égypte. Comme leur grand-mère, les enfants jubilent au moment où l'on trempe son doigt dans le verre de vin et que l'on projette devant soi une goutte de *sang* à la lecture des maux infligés aux Égyptiens. Michelle et Denise, maintenant Tania et Samuel. Leur oncle Pinhas, pas tout à fait adulte, aime d'ailleurs rappeler que l'un de ses prétendus amis aurait subi pareilles malédictions le jour de ses dix-huit ans. « Je vous jure, il a survécu à neuf plaies. Il n'avait pas d'enfant, heureusement pour lui, mais son jardin a été ravagé. L'eau du puits changée en sang, des animaux partout, sa peau était en feu et les intempéries se sont succédé. La grêle puis la nuit noire. Mais je vous promets ! Il a eu droit à la totale, il pense que c'est une punition divine pour avoir mangé des huîtres la veille de Kippour. » Je n'avais pourtant moi-même rien subi après avoir mangé un jambon-beurre devant *Shoah*, avais-je répondu l'an passé, sous le regard appuyé de Sarah. Puis vint l'énumération des dix plaies qui s'étaient enchaînées jusqu'à ce que nos parents esclaves puissent enfin sortir d'Égypte :

Le sang
Les grenouilles
La vermine
Les bêtes sauvages
La peste
Les ulcères
La grêle
Les sauterelles
L'obscurité
La mort des premiers-nés

Les gouttes de vin s'agrègent pour former des traînées mortifères dans nos assiettes. Seul à table en ce matin d'avril, je continue à murmurer les paroles que nous chanterons ce soir, les lamentations et les grâces qui se mélangent dans ma tête. Peut-être que cela nous aurait suffi, répète-t-on sans cesse le soir de Pessah. J'entends la voix des enfants affamés à cette heure tardive, cela nous aurait suffi ; et celle de Patrick qui regardera de biais la croix gammée péniblement dessinée dans mon assiette, cela nous aurait suffi ; cela nous aurait suffi, marmonne Michelle, excédée par les ricanements de son beau-frère ; cela aurait suffi, miment mes lèvres alors que la lumière envahit la salle à manger.

S'ensuit la sortie des Hébreux au cours de laquelle

la folie s'empara de la nature. « La mer les vit et s'enfuit, le Jourdain retourna en arrière, les montagnes bondirent comme des béliers, les collines comme des agneaux. » Sarah préférait lire ce passage en français. Elle savourait chaque image en observant ses petits-enfants, elle leur mimait ces métaphores et ils riaient. Alors elle recommençait, malgré l'impatience des adultes, elle recommençait malgré la faim. Ce soir, personne n'osera prendre sa place et répéter ce passage à l'épuisement, mais on entendra l'écho lointain de la voix sucrée de Sarah. De la mer qui fuit. On entendra l'écho du Jourdain qui rebrousse chemin, des montagnes qui sautillent comme des béliers et des collines qui se prennent pour des agneaux. On pourra entendre l'écho de l'absence, si fort et si sourd que mes mains trembleront au moment de lever une nouvelle fois le verre préalablement rempli, la deuxième coupe de vin.

Je fixe mes doigts mal assurés. La peau est rugueuse, mes ongles sont sales. Depuis l'enterrement je sens la terre humide qui ronge mes phalanges, j'avais refusé la pelle qu'on me tendait, je voulais que ma femme sente mes paumes la recouvrir. Une terre noire que je balançais par poignées entières. Personne ne m'arrêtait, j'opérais en rythme, compositeur de l'ensevelissement. Sans cesse je recommençais, je voulais que jamais le trou ne se remplisse, que la musique dure, toujours. Le froid giclait contre mon torse sous la chemise déchirée. Ma plus belle chemise, celle que Sarah s'empressait de placer en haut de la pile. Le souvenir de la terre humide que mes doigts ont égrenée continue à me donner la nausée.

Puis il y eut la Shiva, les sept jours qui succèdent à l'enterrement. Un deuil total, enfermé chez moi, assis par terre. Le défilé des proches, les condoléances, les prières, les pleurs. Et puis les jours qui s'ensuivirent pour atteindre le premier mois, un mois sans se raser, sans écouter de musique. L'évanouissement de la peine avant de reprendre vie. Je me souviens de cette première inspiration au septième jour, puis d'avoir retrouvé mon souffle à la fin du mois. Et onze lunes plus tard j'allumerai la bougie du Yahrtseit, et chaque année encore, à la date anniversaire de ton départ, Sarah. Le sevrage progressif jusqu'à la commémoration annuelle, comme la mémoire de l'esclavage et de la Sortie d'Égypte. Annuelle comme la fête de Pessah, sans toi à présent, qui se terminera par la prière du souvenir à la mémoire des morts, pour que leur âme repose en paix. Le Yizkor que je réciterai le dernier jour de Pâque.

Serai-je à jamais en deuil ? Étouffé entre le passé et la vie. Comment traverser ce désert sans toi ?

Je me dirige vers la salle de bains pour me laver les mains. Dans la glace, je regarde avec dépit mon visage vieilli. Sage de ses plis que j'asperge à grande eau. Puis je rince consciencieusement chacun de mes doigts en murmurant par réflexe la prière de l'ablu-

tion. Ainsi qu'il est prescrit. Ainsi avant chaque repas.
Le soir du Seder, les enfants profitent de ce passage
obligé pour dérober l'Afikoman et le recacher à mon
insu dans l'appartement. Parmi les trois pains azymes
superposés et placés au-dessus du plat du Seder, je
romprai celui du milieu et dissimulerai la plus grande
partie, l'Afikoman que nous consommerons à la fin
du repas. Comme le faisait mon père. C'est l'une des
rares images qui me restent de lui, ses magnifiques
mains cachant la part de Matsa sous la nappe avant
que je m'en empare discrètement au moment où il
partait vers la salle de bains. Le chef de famille en a
besoin pour conclure le Seder, la tradition voulait que
je la fasse disparaître et lui devait la débusquer… ou
négocier le retour de l'Afikoman contre un cadeau.

Avec les années, mes petits-enfants sont devenus
des spécialistes, ils agissent avec rapidité et précision.
Mais alors que je suis en train de me laver les mains,
un profond ennui s'installe habituellement à table,
comme me le racontait Sarah. Je n'ose imaginer le
malaise cette année lorsque nos filles et leur mari se
retrouveront isolés dans la salle à manger, sans les
enfants, sans moi. Sans Sarah. La pièce silencieuse.
Rien à se dire depuis des années. Patrick et Pinhas
sont finalement les seuls à entretenir un semblant de
relation. Ils s'appellent parfois, se voient même sans
leur femme pour que Tania et Samuel profitent de
leur oncle adoré qui leur réserve toujours ses meil-
leures histoires, les plus colorées, les plus loufoques.

Mais lorsque les deux sœurs sont là, ensemble sans moi, maintenant sans leur mère, tout se bloque. L'esprit créatif de Pinhas se crispe, aucune image ne prend forme, les connexions absurdes ne se mettent plus en place à cause de Michelle qu'il déteste, elle qui d'un cri peut briser son univers et sa femme. De son côté, Denise, déjà réservée, plonge plus loin encore dans le silence. Le visage baissé, les bras ballants, tout son corps éteint pour éviter d'attirer l'attention. Elle disparaîtrait si elle le pouvait quand elle se retrouve ainsi dans une pièce close, avec sa sœur, sans le monde fantastique de son mari. Alors elle remplit à nouveau son verre.

Malgré ses bizarreries, j'aime sincèrement Pinhas. Denise l'avait rencontré lors d'un bal communautaire, le genre d'endroit où le désespoir et la vulgarité se disputent au milieu des chips molles. La salle avait été décorée de quelques ballons publicitaires. La lumière était encore vive et les enceintes silencieuses. Denise s'était rendue à cette soirée sous la pression maternelle pour essayer de trouver l'âme sœur, sa vie de trentenaire célibataire lui convenait pourtant parfaitement. Elle était arrivée en avance, déposée par Sarah juste devant la porte.

De son côté, Pinhas s'était rendu au bal avec la certitude de débusquer une petite Ashkénaze, faisant confiance à sa rhétorique « pour séduire de la Yekke coincée », s'était-il senti obligé de préciser le jour où nous fîmes connaissance. Il avait ses histoires favorites mais pouvait improviser selon les situations et l'interlocuteur, il savait cerner les personnalités et se mouvoir pour s'y adapter. Lorsqu'il avait vu Denise, seule au milieu des chaises vides, il s'était avancé avec assurance. Arrivé à sa hauteur, il s'était accroupi pour lui demander sans préliminaires si elle avait déjà rencontré un dresseur de dromadaires. Non, évidemment, alors pourquoi ne viendrait-elle pas jusqu'à son jardin pour qu'il lui montre ses animaux domestiques ? Trois dromadaires, mais aussi des singes, des éléphants, et une girafe. Il pourrait lui présenter son spectacle favori : l'orchestre de chambre africain.

Sans vraiment le croire mais intriguée par l'énergumène, Denise avait accepté la proposition et était partie au bras de cet étrange Séfarade. Elle ne vit pas les animaux mais découvrit sur le chemin une infime partie des autres métiers supposés de Pinhas. Quand elle était venue déjeuner à la maison le lendemain, elle nous avait annoncé qu'on l'avait demandée en mariage. « Veux-tu passer le reste de ta vie avec moi ? » avaient été les premiers mots sincères qu'elle avait entendus de la bouche de Pinhas. Comblée par l'univers bigarré de celui qui allait devenir son mari, elle avait accepté la demande et souriait, d'un sourire que nous ne lui avions jamais connu.

Depuis la disparition de Sarah, Denise s'est enfouie dans un mutisme terne qui me rappelle la poupée mélancolique qu'elle avait été. Pas un mot, pas une réponse lorsque nous proposions d'inviter des amis à la maison. Au chevet de Sarah, alors que les machines émettaient leurs derniers sons mécaniques, je lui demandai d'appeler sa sœur. Elle composa le numéro sur son téléphone, l'approcha de son oreille, mais ses lèvres restaient ficelées par la mort. L'appel dura plusieurs dizaines de secondes avant que Denise ne range le téléphone et me regarde. Comme elle me regardait enfant. À la recherche silencieuse de réponses.

Ils seront seuls ce soir, sans Sarah, au moment où j'arriverai les mains encore humides. Seuls face au plateau du Seder. Seuls, écrasés par le silence bientôt dissipé par les deux adolescents excités. Je saisirai la Matsa pour la bénir, cette galette sèche aux porosités régulières. Je peux sentir ma langue accueillir ce pain de Pâque, j'entends ma femme rire à chaque coup de mâchoire comme elle avait ri jusqu'à ses derniers instants, jusqu'à s'essouffler pour de bon sur le lit d'hôpital. Nous avions gloussé ensemble, main dans la main ; en larmes. Puis l'infirmière avait séparé nos doigts.

Le bras tremblants, je distribuerai un bout de pain azyme à la tablée avec la peur de me tromper dans le compte ; surtout oublier Sarah. Dans la famille, nous avalons coup sur coup une rondelle de raifort et une feuille de laitue trempée dans la pâte dense et sucrée du Harosset. Les grimaces sont rapidement remplacées par les airs gourmands. La vie amère des Hébreux se mélange au mortier avant de laisser place au fameux sandwich composé d'un morceau de Matsa entouré de salade et ruisselant de Harosset. Le ciment, expliquerai-je, la brique, le labeur. Transmettre jusqu'à mon dernier jour ces mets chargés de symboles. Permettre aux langues de revisiter l'histoire des Hébreux, jusqu'à ma propre mort.

« Le goût de la brique, ça me rappelle ce palais que j'avais construit pour le roi du Maroc… Tania ne t'a rien raconté ? » demanda Pinhas à Leyla, l'année dernière. « Tu comprends le mot "palais" n'est-ce pas ? C'est une immense demeure pour les gens riches, un peu comme dans *Les Mille et Une Nuits. – Tausendundeine Nacht* », me sentis-je obligé de préciser, réprimant une allusion à *Nuit et Brouillard*. Pinhas poursuivit et décrivit les matériaux précieux, les plans improbables et les artistes qu'il avait alors fréquentés. « Le chantier touche à sa fin, le roi nous transmet une dernière demande, une bibliothèque immergée dans le lac voisin. Tous les ouvriers marocains prennent peur à l'idée de travailler sous l'eau, mais une pensée me vient au moment de la pause déjeuner… En cette période de Pessah, j'avais l'habitude de préparer une bouillie chaque matin. Je plongeais des kilos de pain azyme dans un bouillon d'agneau afin de tenir toute la journée au chantier, la galette se charge alors de jus pour former une pâte dense et épicée. Du coup, le lendemain, je décide d'arriver avec trente mille boîtes de Matsot que je déverse dans le lac. En moins de dix minutes, il est asséché. Tout le monde se met à l'œuvre, le chantier dure des semaines. Puis nous le réhydratons enfin au moyen d'une presseuse géante. Nous essorons les pains gorgés et le bassin se remplit. Depuis, les grandes baies vitrées de la bibliothèque royale offrent une vue splendide, on peut même observer des centaines de poissons d'or qui se nourrissent des miettes de pain azyme. »

Les yeux de Tania, Leyla et Samuel s'étaient mis à briller. Même s'ils n'avaient pas cru aux détails de l'histoire, ils avaient regardé Pinhas avec admiration, peut-être même avec jalousie. Auraient-ils eu la même idée ? Patrick avait rempli les assiettes de Matze-knepfle et de bouillon, tout le monde dévorait les boulettes traditionnelles sans se rendre compte que Samuel était en train de vider le panier de ses Matsot. Il les écrasait, les malaxait et les émiettait du bout des doigts pour absorber toute la soupe, comme son oncle au Maroc. Michelle leva la tête de son assiette. « Ooh ! » Elle déglutit ses boulettes sans mâcher. « Samuel ! Tu pourrais manger normalement, tu crois pas ?! » Surpris par les hurlements, Patrick renversa la moitié de son bouillon sur Denise qui n'osa pas dire un mot. Ses yeux s'humidifièrent, elle serra les dents. Son beau-frère se confondit en excuses et lui tendit sa serviette pour qu'elle éponge sa jupe. Elle fondit en larmes malgré les mots réconfortants de Sarah.

« Et voilà qu'elle se met à chialer. T'as pas changé,

toujours une gamine. Et tu gardes ton calme, Pinhas ? » Aucun adulte ne tint tête à Michelle, pas même moi. C'est Tania qui s'en chargea. « Pourquoi es-tu si méchante avec ta sœur ? Pourquoi cette nuit ? Mamie est fatiguée, tu vois pas ? Et toi tu t'acharnes. » Elle enroula son keffieh autour de son poing gauche, se leva, donna un coup dans le mur blanc et quitta la pièce d'un pas décidé.

Les bouches restées à table pompaient le bouillon, les cuillers tapaient en rythme contre le fond des assiettes. Cliquetis, aspiration, déglutition. Cliquetis, aspiration, déglutition. On respirait, et cela recommençait. Cliquetis, aspiration, déglutition. Cliquetis, aspiration, déglutition. Michelle et Denise devaient avoir honte de Sarah et moi. Samuel honte de sa mère et de son père. Les enfants ne supportent pas le corps disgracieux de leurs parents. Alors on se dépêche de terminer son assiette et d'examiner celle des autres pour avoir le droit de quitter la pièce, débarrasser, empiler d'un mouvement brusque et partir, les mains pleines pour seule excuse.

Samuel et Leyla avaient été les plus prompts à se saisir de la vaisselle sale et s'en allèrent en cuisine. Michelle et moi les rejoignîmes, puis Patrick. Michelle avait conscience d'avoir été trop loin mais ne s'excuserait pas. Nous la connaissions pourtant bien, Patrick et moi savions que ce silence était déjà une marque de regret. Michelle demanda finalement

à son fils d'aller chercher Tania pendant qu'elle prépa-
rerait le poisson avec Leyla. Elle déposa le saumon sur
le plat en métal, disposa les rondelles de citron, indi-
qua à la correspondante les ramequins où transvaser
la mayonnaise, puis m'adressa un regard honteux. Je
ne dis rien. Leyla et Patrick partirent avec les plats et
nous laissèrent seuls dans la pièce. Michelle contem-
plait la rue déserte, les yeux vides de culpabilité.
« Comment va maman ? » Je ne m'attendais pas à cette
question et essayai de la noyer de banalités. « Papa,
je te demande comment va maman. Elle n'a pas l'air
en forme, tout le monde l'a remarqué. »

Sarah et Michelle avaient au moins un point
commun, elles ne savaient pas gérer les situations
d'intense émotion. Ma femme avait l'habitude de fuir
en direction des fourneaux. Ma benjamine, elle, a
ses cris pour mettre à distance les sentiments. C'est
sans doute pour cela qu'elles n'avaient jamais réussi
à se parler avec l'intimité qu'une fille peut attendre de
sa mère. Michelle avait construit sa vie sociale et sentimentale sans aucune aide maternelle, ni paternelle
d'ailleurs. Mes yeux faisaient des allers-retours entre
la rue sombre et le reflet de nos deux visages sur la
vitre. J'observais attentivement ma peau, cette même
peau qui me scrute en ce moment dans le miroir.
Ma peau qui se relâche aux pires endroits depuis le
départ de Sarah. Comme si la vue de son corps avait
plongé mes cellules dans le deuil, comme si le contact
avec le cancer avait accéléré le déclin.

« Elle va mourir », parvins-je à mimer du bout des lèvres. Les doigts de Michelle tracèrent le contour de mes pommettes contre la fenêtre, puis celui de ma bouche. Ses yeux s'embuèrent. Les miens se voilèrent et la vision se flouta à nouveau pour fondre nos traits dans ce paysage urbain. Je me souviens du seul arbre de la rue, gris, ses premières feuilles étaient noires.

Michelle est incapable de partager ses émotions, même les plus belles. Moi non plus, je n'ai jamais prononcé ces phrases qu'un enfant craint autant qu'il les désire. *Tu me manques. Tu es tout pour moi. Je t'aime.* Je n'ai jamais pu articuler ces paroles à leur oreille, ni exprimé le bonheur, ni la fierté, ni le manque. C'est comme si mes mots avaient sauté une génération, entre Sarah et mes petits-enfants. Rien à mes propres filles.

Puis maintenant le deuil impossible à partager, sans le moindre geste d'affection pour mes vivantes, pas même à l'enterrement. Chacun reste figé par l'émotion qu'il ne sait exprimer, elles avec leur père, moi avec mes filles. Denise et Michelle le savent sûrement, j'aimerais pleurer à leurs côtés. Mais il y a cette pudeur qui nous en empêche, comme une écorce que l'âge cuirasse. Alors nous nous observons, nous nous regardons pleins de retenue en sachant le remords qui dévore l'autre autant que soi. Et nous ne nous en voulons pas car il en est ainsi. Malédiction judéo-alsacienne. Nous mettons des enfants au monde et les aimons si fort que nous craignons baisers et câlins ; la peur de les broyer, sans doute.

Enfin, nous regagnâmes la table ; Tania était de retour, emmaillotée dans son keffieh. Nous commencions à servir le poisson en silence, à distribuer le pain azyme, remplir les verres. Tania restait muette, elle paraissait perdue dans ses pensées. Elle ne touchait presque pas au saumon, elle préférait jouer avec le citron, le presser, gratter le zeste du bout des ongles. Je connais ma petite-fille, elle avait été blessée et ruminait ses idées révolutionnaires pour passer ses nerfs. Samuel non plus ne disait rien, il protégeait sa sœur en évitant une nouvelle confrontation inutile avec sa mère.

Samuel m'avait confié son admiration pour Tania. Il ne l'admettrait jamais devant elle, mais il avait été fier de la voir si déterminée lors du blocage du collège à la rentrée passée. Elle argumentait avec une aisance que lui n'avait pas, elle distribuait des autocollants, des pancartes. Elle incarnait tout entière cette cause dont il ne comprenait pas les enjeux. Il m'interrogeait, je le laissais dans ses rêveries sans le brusquer. Lui aussi voudrait tant avoir une vision politique à défendre.

« Tonton Pinhas, pourquoi les Arabes veulent détruire Israël ? » La pire question qu'il pût poser : parler d'Israël à table est le péché ultime dans la famille, personne n'est du même avis, le sujet dérape à la vitesse d'une roquette. Toute la Knesset était représentée dans la salle à manger : de la gauche à la droite, chaque nuance siégeait autour du plat du Seder. Parmi les adultes, il y avait une femme engagée pour le dialogue des cultures (Sarah), un hurluberlu possédant un portrait d'Ariel Sharon dans sa chambre à coucher (Pinhas), une adepte de la dénonciation du complot politico-médiatique supposé soutenir les Palestiniens (Denise), une adhérente au Mouvement pour la Paix (Michelle), et un membre de l'Association pour l'Amitié entre Alsaciens et Lorrains (Patrick). Sans que ce dernier n'ait d'opinion tranchée sur le Proche-Orient, ni d'âme apparemment.

Puis il y avait moi, l'arbitre, qui tentais tant bien que mal de désamorcer les crises en cas de force majeure. La seule fois qu'un débat sur le sujet avait franchement éclaté en famille, c'était à l'occasion de la circoncision de Samuel. Pinhas avait suggéré d'envoyer le prépuce en Israël pour l'enterrer au mont des Oliviers (il entretenait l'espoir que les prépuces enfouis là-bas retrouveraient vie et grandeur à l'arrivée du Messie), ce qui avait provoqué une discussion d'une violence inouïe. Quelques échanges, des insultes même, puis Michelle avait crié et tout le monde s'était tu sur-le-champ. Le prépuce avait été égaré dans le feu de la discussion. Une perte dont on garde précieusement le secret, aujourd'hui encore, Samuel n'est bien sûr au courant de rien.

Pinhas avait rappelé à son neveu que le moment

était mal venu et qu'il ferait mieux d'aider ses parents à servir la suite du repas. Un pot-au-feu, avec légumes bouillis, salades en tout genre. Et toujours du pain azyme pour accompagner les plats. Samuel partit en cuisine, nous fûmes soulagés. Mais c'était sans compter Tania qui interpella sa correspondante : « Dis-leur toi ! Ces enfants affamés qui subissent la politique d'Israël ! » Leyla me jeta un regard désespéré. « Tes frères arabes souffrent, il ne faut pas avoir peur de le crier ! » Patrick essaya d'apaiser la situation, « Calme-toi chérie, les Turcs ne sont pas arabes et Leyla est née en Allemagne ». La correspondante tremblait de tout son corps. « Alors nous allons arrêter de l'embêter et la laisser manger, d'accord ? Tu n'avales presque rien Leyla, tu veux qu'on te prépare autre chose ? »

La jeune correspondante ne savait pas quoi répondre à toutes ces questions, elle n'aimait visiblement pas être prise à partie lors de ce type de discussion politique. « Même si elle est turque, les Palestiniens sont ses cousins, non ? C'est sûr que ce n'est pas un Allemand blondinet qui irait transgresser toutes les lois internationales pour fournir en armes la "résistance". » Pinhas mima les guillemets tout en parlant, Denise semblait fière de son mari. « Et puis vous n'étiez pas obligés d'élire Erdogan, il est pire qu'Arafat celui-là. Vous me direz, il présente mieux que le vieux moudjahid mal rasé. De toute façon, ces Palestiniens n'ont aucune éducation, franchement, vous les voyez avec leurs pierres et leurs T-shirts contrefaits ? Et leurs moustaches… Ces gamins qui jettent leurs cailloux ont toujours ce duvet dégueulasse… enfin… je ne disais pas ça pour toi Leyla… » Pinhas avait les yeux rivés sur celui de la correspondante pendant toute sa tirade. La pauvre tâchait de cacher sa pilosité qui l'embarrassait visiblement, elle avait les larmes aux yeux. « Je crois que ça suffit Pinhas, tu vas vraiment loin avec tes idioties, intervins-je. – Denise, tu ne manges rien ? » Sarah regarda sa fille avec insistance. Le message était clair, *tu devrais avoir honte de ton mari, et fais honneur à ma cuisine s'il te plaît !* « Elle ne mange pas, elle boit… » Denise lança un regard glacé à Michelle, puis céda et plongea sa fourchette dans son assiette.

Ma femme essayait de rester digne et faisait mine de tout manger pour ne pas alerter les convives. Elle voulait que tout le monde profite du dîner mais je savais qu'elle ne supporterait pas un repas si lourd et que nous passerions la nuit autour d'une bassine, entre les soupirs, l'odeur du vomi, et les larmes d'impuissance.

Une dispute avait ensuite éclaté à propos de la fin du jus de raisin qu'il allait falloir partager. Samuel proposait de diviser en deux mais Tania ne l'entendait pas ainsi. Elle revendiquait son droit aux deux tiers car sa deuxième coupe avait été remplie de vin et non de jus. Sa mère avait été réticente, mais Sarah avait tranché, sa petite-fille était assez grande pour boire du vin au moins une fois dans la soirée. Michelle gardait son calme alors que Samuel réfléchissait à l'argument de sa sœur qu'il trouvait logique mais injuste. La tablée attendait le dénouement en craignant que tout explose à nouveau. Mais dans ce type de situation, Samuel sait exactement comment faire plier sa sœur. Prenant sur lui, il déclara finalement que c'est à Leyla que devait revenir la fin de la bouteille. « Comment peux-tu être si égoïste ? » avait-il lancé à Tania, le sourire en coin. « Et si tu refuses, en tout cas moi je donne ma part à notre invitée. » Comme il l'espérait, Tania céda. J'entendis ma petite-fille promettre entre ses dents de le tuer. Et Leyla, les yeux encore embués, tâcha de boire le jus trop sucré sans reprendre sa respiration.

De retour dans la salle à manger, je me surprends à masser le dossier de la chaise où Sarah s'asseyait. Mes doigts agrippés, les pouces qui s'activent, me voilà en train de frictionner du merisier. Sarah pouvait être dans tous ses états, le passage de mes mains expertes la détendait instantanément. Les mouvements se recréent d'instinct lorsque je suis près de son corps adossé, disparu.

Comment aborder la question de l'héritage ce soir ? L'émotion sera grande mais il faut que j'en parle aux filles avant que mon cœur ne lâche. M'éclaircir la gorge maladroitement, peut-être à la fin du repas. Tout le monde cessera les bavardages. « Je voudrais discuter avec vous d'un projet qui nous tenait très à cœur, à Sarah et moi. Je n'avais pas encore trouvé le bon moment mais nous voilà tous réunis, avec mes filles et mes petits-enfants, je pense que c'est l'occasion de vous parler de l'héritage que Sarah nous a laissé. Pendant les semaines qui ont précédé sa disparition, Sarah et moi avons longuement discuté pour trouver un investissement qui satisferait toute la famille, et nous avions convenu d'aborder le sujet ensemble, avec vous, lors du Seder. Elle savait qu'il ne lui restait pas beaucoup de temps mais elle pensait tenir jusqu'à ce soir… »

J'imagine les visages s'éteindre, les reproches grincer entre les dents. « Pourquoi cette nuit ? Était-ce vraiment nécessaire ? » Personne ne s'attend à parler d'héritage ce soir, et le travail d'explication risque d'être laborieux pour que mes petits-enfants comprennent ce qui est en jeu : assurance-vie, investissement. « Papi, mamie nous a laissé combien ? » J'entends déjà Samuel. Les adultes gesticuleront, faussement indignés, ils hausseront épaules et sourcils, mais ne pourront s'empêcher de me fixer, impatients de connaître la somme. « Plusieurs dizaines de milliers d'euros. » Les visages se décomposeront, les bouches se pinceront. « Et c'est beaucoup dix mille euros ? » Michelle demandera à Samuel de se taire et nous déciderons d'en parler plus tard dans la soirée, l'heure étant venue de manger l'Afikoman pour sceller le repas.

Avant de réciter les Actions de Grâce, je ferai mine de chercher la moitié de pain azyme sous la nappe, mais elle ne sera plus à sa place. Air surpris de circonstance, affliction exagérée. « Plus de Matsa, comment va-t-on pouvoir terminer ce Seder ? » Je m'adresserai ensuite à mes petits-enfants pour leur demander s'ils savent où se trouve l'Afikoman. Et malgré leur âge, ils riront de bon cœur comme chaque année, ils lanceront les bras au ciel et se lèveront en même temps que moi pour suivre de près l'enquête. Repérer les miettes qui me mèneront jusqu'à la galette en évitant les fausses pistes données par Tania et Samuel.

Je débute par notre chambre à coucher. J'ouvre la grande armoire, fouille dans les tiroirs, inspecte la commode de Sarah puis soulève le matelas. J'inspecte l'arrière du bureau. Sous le regard des adolescents redevenus enfants, je m'applique, la fouille est minutieuse. Que faire si je trouve l'Afikoman ? Il est entendu qu'il y aura tractation, je dois abdiquer pour pouvoir commencer la négociation. Me montrer précis mais ne rien trouver, effrayer au maximum les ravisseurs puis échouer. Quelle fatigue, rien que d'y penser.

Suivent les deux autres chambres, celle de Denise et celle de Michelle. Depuis plusieurs années maintenant, Tania s'est approprié la première et Samuel la seconde, trouvant chez leurs grands-parents des lits de substitution et autant de cachettes pour aménager une vie privée parallèle, loin des inspections de leur mère. Seule Sarah avait le droit d'y entrer, exception faite du Seder où la recherche de l'Afikoman m'autorisait à pénétrer dans ces deux sanctuaires. L'enquête continue dans l'antre de Tania où j'essaie de m'enfermer pour poursuivre l'inspection, mais l'an dernier, Samuel fut plus vif que moi et parvint à glisser son pied de justesse. « Bien joué, mais ça va être très difficile d'échapper à notre vigilance à tous les trois ! » Je m'étais retourné et avais grogné : « Bande de bébés kapos!» Tania et Samuel avaient ri, probablement n'avaient-ils d'ailleurs pas compris, alors que Leyla avait sursauté puis dégluti bruyamment. Ces Allemands ont un vrai problème avec la Shoah.

Les mains s'agrippaient à ma veste, les cous s'étiraient pour observer les cachettes absurdes que mes doigts tentaient de visiter. Soudain, Tania bloqua mon poignet et me demanda d'arrêter. «Pas ce tiroir, s'il te plaît.» Elle rougit. Il n'en fallut pas plus pour exciter Samuel qui essaya de l'ouvrir dans la confusion mais je m'interposai pour éviter que la soirée fût définitivement gâchée et l'intimité de la petite dévoilée. Des images défilent dans ma tête, sous-vêtements, préservatifs, journal intime. Tania a dû tout déplacer depuis.

Je profitai du moment de trouble pour me précipiter dans l'autre chambre et m'y enfermer. Tania, Leyla et Samuel se retrouvèrent derrière la porte close, ils frappèrent de toutes leurs forces en criant à l'injustice. La poignée était maltraitée mais rien n'y faisait, la porte ne céderait pas. De désespoir, les trois jeunes y collèrent l'oreille pour écouter ce qu'il s'y passait, mais je ne fis pas un bruit. Tania se mit à fredonner *Le Chant des partisans*.

Suivant le chemin des souvenirs, mon corps m'a mené dans cette même chambre. À droite, le lit de Samuel et le bureau. En face, sa bibliothèque. Je m'affale dans le fauteuil jaune, épuisé par le Seder à venir qui sera sans doute la soirée la plus éprouvante depuis le départ de Sarah. Il faudra pourtant que je mime une sérénité de père de famille, je ne veux pas paraître terrassé par la tristesse. Un lent frisson. Le froid prend possession de mes membres, le froid parti de mes doigts qui lentement colonise mes mains, puis mes bras, mes épaules, mes poumons et enfin la base du cou.

C'est là que Sarah déposait l'extrémité de son nez quand elle se couchait. Le bout de son nez glacé en toute saison qu'elle aimait frotter contre mon torse, remontant ensuite vers le haut du cou où elle se lovait pour s'endormir. Sans elle, les premières nuits de son hospitalisation avaient été blanches. Il n'y avait que le réel, pesant, éveillé. Puis la fin de tout espoir, les derniers jours jusqu'à la mort. La tranquillité de Sarah quand elle jouait avec mes doigts alors qu'elle était la seule à savoir, et moi le seul à comprendre. Le mouvement de ses phalanges n'avait jamais été aussi sercin, jamais aussi ferme. J'avais été le seul à réaliser qu'elle ne rentrerait pas à la maison. Alors j'avais profité de ces mains marquées par l'âge et sillonnées par l'amour, je m'étais acharné à rafraîchir mon visage au contact du nez de Sarah. Silencieusement. Nous étions restés muets tout le temps qu'avait duré le crépuscule, un silence entrecoupé de fous rires absurdes. Et j'avais pleuré lorsque la fraîcheur du nez avait gagné le visage de Sarah, qu'elle s'était répandue de cellule en cellule jusqu'à ses grands yeux bleus.

Et avant de recouvrir ces deux cieux de leurs paupières, mes doigts avaient parcouru une dernière fois chacun des plis de son visage ; pour ne pas oublier.

Des miettes à l'étage des beaux livres. J'avais ouvert un volume, puis le suivant, et découvert la Matsa. Je reposai soigneusement l'ouvrage et ouvris la porte. Les trois enfants me dévisageaient mais je ne laissai rien paraître. « Rien non plus dans cette pièce. Qu'avez-vous fait de l'Afikoman ? » Tania et Samuel se mirent à rire, suivis de Leyla qui les imitait sans savoir pourquoi. Mais lorsque je sortis trois enveloppes de ma poche, les six pupilles s'éclairèrent d'une seule étincelle. Tania se précipita à l'intérieur pour dévoiler la cachette et me rendre le pain azyme. Elle m'embrassa, Samuel me sauta au cou. Puis tous trois regagnèrent la salle à manger, triomphants.

« Regarde maman, papi nous a donné cinquante euros ! » Tania était aux anges. Patrick avait déjà débarrassé la table dans le silence le plus total, le retour des enfants ranimait enfin la pièce. C'est à ce moment que je distribuai l'Afikoman pour conclure le repas et, une fois qu'il fut avalé, nous pûmes verser la troisième coupe de vin et entamer les Actions de Grâce. Comme à Shabbat, comme à chaque fête, la prière qui clôt le repas débute par ce psaume que toute la famille récite par cœur, l'histoire des rêveurs aux bouches remplies de joie, aux langues pleines d'allégresse. « D'ieu a ramené les exilés comme des ruisseaux, et nous a ainsi faits rêveurs. Celui qui marche en pleurant revient en chantant, il plante ses semences en larmes et récolte dans la joie. De ces deux moments naît le songe, d'une larme, puis d'un rire. »

Ce n'est pas vrai, ils ont décidé de sonner chez moi toutes les demi-heures ! Ils veulent gâcher ma matinée de calme avant le grand débarquement. Je ne vais pas leur laisser le temps de déguerpir cette fois-ci. « J'arrive… »

Personne sur le palier. Ce petit jeu commence à m'énerver, je n'ai pas envie d'avoir à gérer des petits rigolos pendant les préparatifs du Seder. « Antisémites ! » Je suis sûr qu'ils savent que Pessah débute ce soir. « Hé ho, vous n'avez rien d'autre à faire ? Allez, venez si vous avez un peu de courage ! J'ai survécu aux camps, c'est pas des morveux qui vont me casser les pieds. Pigé les fachos ? J'entends vos pas dans l'escalier… » Le moindre effort m'épuise, j'ai du mal à reprendre mon souffle.

J'attendrai la seconde partie du Seder pour parler de l'héritage, lorsque les estomacs seront pesants, les esprits épuisés. Personne n'est vigilant à ce moment, c'est moi qui reprends la main pour lancer les louanges et interrompre les bavardages. En général, tout le monde me suit sauf Patrick qui n'aime pas chanter et Pinhas qui préfère grogner ses mélodies orientales, encore plus *ressassantes* que les rythmes ashkénazes. Les pages défilent, la quatrième et dernière coupe nous guette.

L'an passé, comme à chaque fête de Pessah, Samuel avait déjà cessé de se concentrer. De sa main gauche il effeuillait les pages restantes comme un compte à rebours. Il recommençait. Encore. Michelle avait repéré ce manège mais parvenait à garder son sang-froid. Je la surveillai du coin de l'œil. Samuel n'arrêtait pas, il connaissait trop bien sa mère et savait qu'elle ne s'énerverait pas avant un bon moment, elle était entrée dans sa phase de culpabilité. Il conti-nuait afin d'exciter l'extra-sensibilité maternelle et, pendant ce temps, de la main droite, il reprenait les discussions sur son téléphone.

On apprit plus tard que c'était Laurent, un cama-
rade de classe, qui avait récupéré la vidéo. Son grand
frère, alors dans la même section que Tania, partici-
pait également à l'échange franco-allemand et avait
eu le malheur de lui montrer un enregistrement où
l'on voyait plusieurs élèves arpenter les rues de Berlin.
Parmi eux Tania, qui marchait main dans la main
avec un grand blond. On apprit aussi que trois euros
suffirent à sceller l'accord pour le transfert de la vidéo
que Samuel regardait discrètement. Jusqu'à la vingt et
unième seconde où il interrompit les chants d'un éclat
de rire.

« Leyla, comment s'appelle ce mec ? » Samuel lui
montra l'écran de son téléphone. « Jürgen ? Et c'est
commun comme nom, Jürgen ? » Samuel insistait,
Tania avait bien compris. Elle nouait nerveusement
ses cheveux, se pinçait les lèvres, jouait avec son
keffieh. « Mais de quoi tu parles ? Tu ne vois pas que
ton grand-père essaie d'avancer pour qu'on ne finisse
pas à trois heures du mat ? » Malgré sa bonne volonté,
Michelle recommençait déjà à montrer des signes de
nervosité. « Ça va maman, je me renseigne juste sur le
nouveau copain de Tania. Quelqu'un veut voir à quoi
il ressemble ? » À l'instant où Samuel termina sa
phrase, Tania jaillit pour arracher le téléphone, mais
son frère fut plus vif et partit se réfugier derrière son
oncle. « Pinhas, dis-lui de me donner ça ! » Tania était
hors d'elle. « Tu me files ce téléphone, Samuel !
Tonton, dis-lui, s'il te plaît… »

« Ooh ! hurla Michelle. Allez, tu me montres ton portable, Samuel. Maintenant ! Et vous vous rasseyez tous les deux. Vous m'épuisez... » Tout en vociférant, Michelle observait l'écran noir, appuyait ici et là pour tenter de faire apparaître quelque chose. Puis ce fut au tour de Pinhas de poser ses doigts sur le téléphone. Impatient de voir la vidéo, je pris l'appareil des mains de mon gendre, le débloquai et cliquai sur l'écran. « Laissez faire les aînés... » Un bruit sourd jaillit du téléphone, immédiatement suivi d'un son aigu, peut-être le vent. On distinguait des silhouettes qui approchaient de l'objectif. Patrick s'était collé contre sa femme, tout comme Pinhas qui se frayait un chemin pour assister au spectacle.

On discernait des adolescents aux coupes improbables, crêtes, mulets, mèches décolorées, des démarches mal assurées. Et tout à gauche Tania en train d'agripper une main. Masculine. Un blouson en cuir, des gants noirs. Les épaules larges, la silhouette se dessinait progressivement. Un colosse. Et puis enfin sa tête blonde, une tête d'adolescent aux joues creusées, pâles, le visage barré d'une bouche vermeille. « Elle tient la main d'un Boche ! Et avec une sacrée tête de SS en plus... » Je ne pouvais plus me retenir, Tania pleurait déjà. « Mais regardez, il ne manque qu'une Totenkopf et on s'y croirait. La réconciliation franco-allemande a de grands jours devant elle ! Que c'est beau de pouvoir se balader avec un Schleu sans être inquiétée, ma petite Tania, c'est ça l'Europe.

Des nazis écolos! Si j'avais pu dire à tous ces Fritz qu'un jour ma petite-fille sortirait avec leur progéniture, vous imaginez? Rudolf Höss, ne me douchez pas, il y a une vidéo de Tania qui tient la main d'un beau SS ! Je vous pro-mets. » Les sanglots se firent de plus en plus forts, mes gloussements aussi. Personne n'osait parler, Tania n'avait pas la force de quitter la table. Même Samuel était gêné, il voulait seulement embêter sa sœur.

Tania avait-elle des sentiments pour le grand aryen ? Mon rire était aussi embarrassé que fier de l'intervention. Impossible de respirer, mes abdominaux étaient en feu. Et Patrick qui regardait sa femme, désespéré et autrement dévoré par ses douleurs intestinales. Denise fut la seule à parler. « Papa ? » Rien n'y faisait, je riais, toussais, riais de plus belle. « Ma petite-fille avec le grand Schpountz ! Et vous vous êtes embrassés ? » Tania regardait ailleurs, c'est comme si je cherchais de l'air dans ces questions malsaines. « Si vous organisez une soirée pyjama, je pourrais te passer mon ensemble rayé, t'en penses quoi ? » Tout le monde me regardait. Sarah était visiblement peinée, et moi qui riais, toujours plus fort.

Puis cette grande inspiration qui sembla durer une éternité, j'avalai du noir et portai la main à ma poitrine. Je me sentais glisser, partir. Tout le monde s'agglutinait autour de moi. Me calmer. De l'oxygène. Pinhas me saisit par les aisselles et me traîna vers le canapé pour m'y allonger. Me calmer.

Mon premier réflexe quand je repris mes esprits fut de chercher Patrick du regard, il n'était pas parti malgré ses borborygmes aigus. Tania restait muette, choquée. Denise avait été plus effrayée par ses propres cris que par ma santé. Michelle demeurait sans voix. Mes filles étaient méconnaissables et leurs rôles s'étaient inversés le temps d'un malaise. Je ne réalisais pas encore que se dessinait alors leur rapport à la mort, que Michelle s'éteindrait quand sa mère disparaîtrait.

Patrick était venu me voir plusieurs semaines après l'enterrement pour me demander conseil, il n'avait encore jamais vu son épouse si calme, notamment le soir. Depuis son plus jeune âge, elle avait l'habitude de lâcher son venin avant de dormir, au moment où elle s'asseyait sur le bord du lit. Elle fixait ses orteils avec lesquels elle répétait des gammes imaginaires, racontait les faiblesses de sa sœur, injuriait les pleurnichards. Mais plus rien depuis l'enterrement de Sarah, pas un bruit, le regard absent. Pas une parole pour désamorcer l'angoisse du coucher, on en arrivait à regretter ses habituels flots d'insultes.

Sarah vint s'asseoir près de moi. Malgré la maladie, elle eut le courage de me protéger une fois encore. Comment mon corps avait-il pu céder alors que le sien combattait tous les maux pour conforter nos minces espoirs, passer une nuit de plus avec nous. Lorsque mon cœur fut calmé, je me redressai et l'enlaçai.

Près de dix mois plus tard, quand je voulus la serrer contre moi, son corps était lourd comme une pierre enchaînée, abandonnée à sa pesanteur. L'étreinte la plus froide, la dernière. Plus jamais je ne pourrai m'asseoir près d'elle pour lui chuchoter mon amour. À côté de cette femme à la force divine. Ma femme. Morte et encore si belle dans mes souvenirs qui s'épuisent.

« Je vais reprendre un quart de rouge, merci. Arrête de me regarder comme ça, papa, ce n'est pas parce que tu ne bois pas que je devrais t'imiter, tiens, tu as l'air malin avec ton jus de pomme, c'est sûr que c'est parfait pour accompagner une entrecôte… je mettrais ma main à couper que jamais tu n'oserais faire de remarque à Michelle, tu ne lui en faisais d'ailleurs pas quand on vivait à la maison, les reproches sont réservés à l'aînée, évidemment ; arrête de m'accabler de tous les maux, ce n'est facile pour personne, j'ai perdu ma mère, c'est une raison suffisante pour boire il me semble, mais bon, je préfère toujours tes sourcils moralisateurs aux hurlements de l'autre folle, et oui, je parle de ma sœur comme je veux, je ne peux rien dire lorsque je suis avec elle alors je ne vais pas me priver quand je te vois sans le reste de la famille, j'ai cru que les sept jours de Shiva ne finiraient pas, toutes ces personnes qui défilaient chez toi, et Michelle qui était toujours dans les parages… j'avais préparé Pinhas pour qu'il se taise et qu'on évite l'incident diplomatique ; il s'est tenu à carreau, mais tu te rends compte ? ma mère meurt et la première chose qui me vient à l'esprit est de prévenir un conflit avec Michelle, ça m'a au moins permis d'occuper mon esprit tu me diras… je n'ai plus de mère… quelle phrase atroce, je ne verrai plus ma mère que j'aimais, tu le sais, papa ? je l'aimais, j'aimais sa douceur et son courage, mais elle n'est plus là, et je déjeune seule avec mon père, en tête à tête, car me voici à moitié orpheline, infirme, papa ne me quitte pas, si tu pars je n'ai plus de pieds… »

Denise commença à pleurer tout en avalant de grandes lampées de vin, je n'arrivais pas à parler. Je posai la main sur la sienne, elle-même agrippée au verre. C'est la première fois que je touchai sa peau adulte, les veines étaient fermes comme celles de Sarah, les articulations glacées. Les gens autour devaient me prendre pour un vieux pervers en train d'expliquer à sa jeune proie qu'il ne quitterait finalement pas sa femme septuagénaire pour elle, malgré la jeunesse de ses pommettes et de sa poitrine encore vigilante.

« Ta mère t'aimait aussi, elle s'inquiétait pour toi tu sais, lorsque tu te mettais à boire par exemple – même si nous savons que la présence de Michelle te rend malade, et apparemment le deuil aussi. Tu dois faire attention à toi, s'il te plaît, tu es malheureuse mais tu es allée trop loin après l'enterrement, et même pendant la Shiva.

— Je suis désolée papa…

— C'est pour toi que je dis ça, la peine, la nervosité, rien ne devrait te faire boire autant. Tu as appris des chansons paillardes à Samuel... Déjà que Michelle n'aime pas que tu l'approches, si elle découvre qu'il te doit ce vocabulaire fleuri... »

Denise voulut se retenir, mais un début de fou rire s'empara de ses lèvres, puis elle postillonna le reste de son vin dans un éclat qui fit se retourner tout le restaurant. Je ne pus moi-même résister, nous riions sans pouvoir nous arrêter, d'une complicité que je pensais perdue. Je ne l'avais pas entendue s'esclaffer depuis très longtemps. Enfant, elle ricanait honteusement, le visage baissé, c'est Pinhas qui avait transformé son rire de chat complexé en gloussement de baleine. Les yeux encore humides, nos rires s'étouffèrent simultanément, un étrange moment de joie moins de deux semaines après l'enterrement.

« Alors, tu t'es décidé pour le deuxième Seder ? Le frère de Pinhas serait très heureux que tu te joignes à nous. » Depuis que nos filles étaient mariées, nous avions l'habitude de les accueillir avec nos gendres, puis nos petits-enfants, le premier soir de Pessah. Le second Seder, célébré en diaspora uniquement, nous était par contre réservé, à Sarah et moi, l'occasion de respirer après une première nuit intense et de quitter en couple les terres égyptiennes. Pas de chamailleries ni de cris malgré une soirée au déroulé identique. Telle la mer Rouge se refermant sur les troupes de Pharaon, je me laissais submerger en cette deuxième nuit par ses yeux bleus lorsque je récitais les paroles pascales. Son regard qui me cernait, me désarmait.

Le frère aîné de Pinhas m'avait gentiment proposé, à la fin de l'enterrement, de me joindre à sa famille pour ne pas rester seul le second soir de Pâque. Je l'avais remercié et avais répondu qu'il était trop tôt pour moi, je lui donnerais ma réponse dès que possible. Mais je ne veux pas de leur compassion ni de leur joie orientale, je ne veux pas qu'on me prive de mon Seder avec Sarah. Nous restions seuls cette nuit-là, et j'aimerais qu'on nous laisse seuls encore une fois pour chanter l'histoire millénaire du peuple juif. Sans toi je ne suis pas prêt à passer notre nuit, la plus belle d'entre toutes.

«Voyons d'abord si je survis au premier Seder.

— Ne dis pas de bêtises, papa…»

Le temps passe, Michelle ne devrait plus tarder. Les enfants arriveront avec Patrick à dix-neuf heures comme prévu et Denise entrera au bras de son Pinhas, en retard évidemment, pour débuter la traversée du désert. Le sable sous nos pas, le souvenir des dernières vacances au bord de la mer avec les filles. Presque adultes et encore enfants, Denise avait dix-neuf ans et Michelle dix-sept lorsque nous étions allés à Santorin. La dernière fois qu'elles accepteraient de passer deux semaines avec nous avant de nous préférer leurs amis. Il avait fallu une quinzaine de minutes pour atteindre cette plage noire, abritée par d'immenses rochers. Le sable cendré qui se laissait laper par la mer et nous, touristes maladroits, qui nous battions contre le vent. Sarah et moi observions les filles approcher des vagues encore fraîches à cette époque de l'année qui butaient contre leurs mollets, puis leurs genoux. Elles s'aspergeaient avec précaution avant de s'accroupir franchement et de s'immerger dans l'eau salée. Sarah et moi discutions, tous deux appuyés sur nos avant-bras, face à la mer et aux nuques trempées de nos filles. Ç'avait été l'âge fusionnel, les quelques mois bénis où les filles partageaient leurs secrets, passaient leur temps ensemble. Le traumatisme de la soirée avec mon cousin les avait finalement rapprochées, après une jeunesse de défiance. Avant l'âge du mépris.

Je repense souvent à ce mois de mai, à ces grains noirs qui s'agglutinaient sur nos serviettes humides. Au fond de moi, j'espérais que Denise et Michelle puissent rester proches leur vie entière. Pour elles, ce fut l'âge de l'artifice et non des sentiments, ce fut l'époque où les larmes coulaient à vide comme les embrassades serraient à froid. Puis revint l'émotion. La joie. La douleur. La solitude. Et avec la maternité de Michelle revint le silence, le silence de la distance et de l'incompréhension, l'impossibilité de parler puis le retour de la violence. Les verres d'alcool de Denise répondaient aux cris de Michelle.

Ni l'une ni l'autre ne furent prêtes lorsqu'elles apprirent que leur mère était mortelle.

Récapituler les étapes avant le début du Seder, le besoin d'avancer image après image. J'ai un mauvais pressentiment. Mon envol. Je dois respirer profondément, comme le médecin me l'a conseillé, et penser aux questions matérielles. Commencer par débarrasser la table puis m'habiller, j'ai au moins deux heures avant l'arrivée de Michelle. Faire ensuite la vaisselle et passer un coup de chiffon sur les chaises. Je n'ai toujours pas d'appétit, l'idée d'un déjeuner me dégoûte. Et soudain je me sens embourbé dans la vaisselle qui s'accumule, la table envahie de couverts laissés à l'abandon depuis des jours. Je contourne les chaises en chargeant mes bras de plats sales et secs.

L'image de ma gamelle dans le camp. Gamelle toujours cachée, plus précieuse que les souvenirs d'avant. J'étais obsédé par les mains voleuses qui tentaient leur chance à chaque instant d'inattention. Leurs doigts de mort prêts à se jeter sur moi afin de saisir mon intimité, ma gamelle cachée contre mon sexe pour avoir le droit de manger. Alors qu'ici, les assiettes se superposent à la vue des voleurs. Qu'ils viennent, ces nazis. Qu'ils viennent et fassent la vaisselle !

Pendant qu'ils frotteront, je répéterai mon intervention sur la succession. Il va falloir être ferme pour gérer ce petit monde, même si Patrick nous aura déjà quittés, ses sphincters ayant pris les devants. Je le lui accorde, l'échange sur l'héritage risque d'être explosif. « Décidez sans moi », dira-t-il en disparaissant dans le couloir. « Des dizaines de milliers d'euros donc… Nous avons plusieurs possibilités, tout d'abord un placement financier. Je sais que votre mère n'aurait pas aimé l'idée, mais nous pourrions envisager l'ouverture d'un compte qui nous rapporterait une petite rente annuelle. Pour compléter ma retraite, puis pour vous, et plus tard pour les enfants. » Je le connais, Pinhas saisira l'occasion pour décrire les investissements les plus rentables du moment, il exhibera sa prétendue connaissance et se targuera d'avoir les sources les plus sûres du monde bancaire. « Les matières premières », lâchera-t-il par exemple. « Nous devrions placer cet argent dans les matières premières. Tous les voyants sont au vert, c'est ce que m'ont dit des personnes bien placées chez Rothschild. » Rothschild, évidemment.

Pinhas prétend y avoir passé plusieurs entretiens, tous conclus par un échec. Il saurait retrouver les yeux fermés l'étage des ressources humaines disait-il. Pinhas aurait tout tenté pour entrer dans la célèbre banque comme conseiller financier, comme analyste, comme consultant en gestion, comme spécialiste des réseaux informatiques, comme agent de maintenance, comme technicien de surface. Sans succès. Il aimait raconter ses prétendus entretiens au cours desquels il s'attelait à démontrer son appartenance à *la Communauté* : le matin, Pinhas choisissait minutieusement l'Étoile de David qui nagerait au milieu de ses poils. Se présenter chemise déboutonnée pour qu'on puisse admirer la toison humide qui recouvre son torse. Selon ses chaussures, sélectionner un pendentif en or jaune, en or blanc, serti de strass ou de pierres bleues. Des clins d'œil et quelques mots d'hébreu pour saupoudrer les rencontres – et ses histoires, toujours ses histoires… Mais malgré ses efforts il n'obtenait que des conseils d'investissement qu'il partageait allègrement avec qui voulait bien le croire.

« Tu n'es pas sérieux, papa ? On ne prendra aucun

risque avec cet argent », tranchera Michelle. Alors je renchérirai pour la provoquer : « Et investir dans un commerce ? Si nous ouvrons une boutique par exemple, le capital pourrait être plus ou moins protégé et la responsabilité de la rentabilité nous reviendrait. Tu n'aimerais pas tenir un bar Samuel ? » Michelle lèvera les yeux au ciel. « Et une librairie ? Denise pourrait s'en occuper, qu'en penses-tu ma chérie ? »

Denise avait fait des études littéraires et écrit un mémoire sur l'onomastique dans l'œuvre d'Albert Cohen. Sa sœur s'était moquée de toutes ses décisions, depuis son orientation scolaire – sans débouchés disait-elle – jusqu'à ce choix de mémoire très séfarade. « Pas étonnant qu'elle ait épousé Pinhas. » Mais Sarah était fière de sa fille aînée et elle m'en voulut toute sa vie de l'avoir poussée à trouver un travail rapidement, dès la fin de sa maîtrise. Adieu l'édition, adieu le journalisme, elle accepta la première offre d'embauche qu'on lui fit. Et la proposition vint de son gynécologue qui cherchait une nouvelle secrétaire : une paie correcte, un emploi du temps modulable, et des frottis gratuits.

« Encore une idée idiote, il faut être réaliste, papa ! Denise ne pourrait jamais tenir une librairie toute seule. Il ne suffit pas d'aimer les livres pour bien gérer son commerce. Ne fais pas cette tête, Denise, je dis ça pour ton bien et pour éviter que tu rentres tous les soirs en pleurnichant. » Pinhas restera silencieux.

Il n'avait tenté qu'une seule fois de s'interposer entre les deux sœurs pour défendre sa femme, et la situation avait dégénéré. Cris, insultes, griffures, Pinhas s'était figé, quitte à laisser Denise se faire dévorer par sa sœur. Que pouvait-il y changer de toute manière ?

Denise gardera les yeux baissés, elle n'essaiera pas de répondre. Afin de briser le silence, je proposerai un tour de table pour que chacun donne son avis. « Tiens, commençons par toi, Tania. Qu'aimerais-tu faire avec cette somme que ta grand-mère nous a léguée ? » Elle réfléchira, observera avec condescendance les autres membres de la famille, et osera finalement parler, d'un ton monotone, sans vie. « J'aimerais qu'on donne cet argent à ceux qui en manquent, j'ai envie qu'on donne tout ça à une association, pour construire un orphelinat par exemple, ou pour rénover des écoles. On a assez d'argent, on va pas continuer à s'enrichir indéfiniment, surtout pas sur le dos de mamie. Je sais pas, l'Afrique, l'Inde, ça devrait pas être difficile de trouver des gens dans le besoin. Même en France, regardez un peu autour de vous. » Je l'entends déjà.

Puis Samuel contredira évidemment sa sœur. « Plutôt que faire plaisir aux autres, on pourrait diviser l'argent entre nous, et chacun l'utiliserait comme il le veut. Tania, tu pourras acheter tes crayons et les envoyer à Bab El Oued alors que moi je garderai mon fric pour ne plus avoir à demander d'argent aux parents. Plus de compte à rendre, la liberté. Papi, tu pourras te payer une femme de ménage pour remplacer mamie. »

Pinhas prendra bien sûr ma défense – il veut toujours me faire plaisir – puis il proposera d'improbables idées pour exciter les enfants, la création d'un parc d'attractions, d'un aquarium privé, d'un zoo tropical. « Vous n'allez pas croire votre oncle quand même ? » Michelle ne pourra pas le supporter longtemps. « Tu devrais arrêter, Pinhas, t'es complètement crétin ou quoi ? Tania, t'as quel âge ? Que ton petit frère entre dans le jeu de votre oncle c'est une chose, mais toi ? » Denise tâchera de clore la discussion mais cela ne suffira pas à calmer sa sœur. « Arrête, Denise, tu ne vois pas que ton mari est un illuminé ? Personne n'ose ouvrir sa gueule alors c'est moi qui passe encore une fois pour la méchante. Et voilà, l'alcoolique se remet à chialer, dis-lui quelque chose, papa ! » Pas d'humeur à élever la voix ce soir, et Patrick encore perché sur la cuvette à cette heure-là.

Cris, larmes, étrons, cette nuit ressemblera à toutes les autres. Je ne devrais pas leur demander leur avis mais plutôt leur imposer l'héritage de Sarah, sans parler d'argent. Au fond de moi je sais ce qu'elle aurait aimé, je sais ce que les soirs de fête représentent pour elle et je suis persuadé qu'elle n'aurait pas voulu de nostalgie pendant ce Seder. Il y aura cette nuit sans elle, et demain encore. Mais l'année prochaine et celles d'après ? Je ne veux plus verser du vin dans son verre sans espoir, je ne veux plus manger accoudé ici et sortir d'Égypte endeuillé. Il y eut ces nombreuses tables de Seder avec Sarah, il y aura cette première nuit pascale sans elle, puis nous devrons chanter la libération ailleurs, pour que les deuils ne s'enchevêtrent pas, qu'ils ne perdent rien de leur périodicité sacrée.

Je sais qu'elle aurait aimé qu'on puisse se retrouver quelque part, tous ensemble, commencer à bâtir de nouveaux souvenirs en dehors de chez elle. De chez nous. Acheter une maison à la campagne avec l'argent de notre deuil et chanter l'interrogation millénaire en ces nouveaux murs, vivants, pourquoi cette nuit est-elle différente des autres nuits ? Oui, c'est la solution, j'entends mes petits-enfants sauter de joie et les adultes se refermer dans leurs pensées noires. Michelle qui passe déjà en revue les sources de conflit avec Pinhas. Michelle qui passe en revue les sources de dispute avec Denise. Michelle qui décompte déjà les diarrhées de Patrick. Gestion des charges, entretien du bâtiment, travaux à prévoir.

Je fixe la chaise de Michelle et l'imagine pourtant apaisée, les bras croisés, silencieuse. Le murmure des autres ne l'irrite pas, chacun essaie de partager ses désirs : Pinhas aimerait une bâtisse au soleil, alors que sa femme préférerait un lieu dans les terres, calme et discret. Tania tient à avoir sa propre salle de bains et Samuel explique l'intérêt évident d'un écran de cinéma avec fauteuils rouges et machine à pop-corn. Le ton et l'excitation montent, Michelle se racle la gorge. Elle fait mine de sourire en jetant des regards inquiets. Elle pense à Sarah, je suis certain que Michelle peut faire un effort. Elle n'écoute qu'à demi-mot et se concentre sur les visages de Tania et Samuel au lieu de s'énerver, elle regarde ses enfants assis côte à côte, près de moi.

« Mettons-nous à la recherche de la maison ! » C'est Pinhas qui prend les choses en main, il esquisse le plan de bataille avec l'autorité d'un dictateur clownesque. « Répartition des tâches selon les compétences. Patrick et Denise seront géographes et décideront du lieu le plus approprié. Pas trop loin d'ici, ni trop près. Salomon et moi-même nous chargerons du choix de la maison, laissons faire les hommes de goût ! » Flatteur et mythomane, mon gendre a construit un palais marocain après tout. « Quant à Tania et Samuel, ils devront s'occuper des plans intérieurs. Liste des pièces, agencement des chambres, à eux de définir la répartition du territoire. » Un silence, puis la voix de Michelle qu'on avait presque oubliée. « Et moi ? »

Tout le monde se regarde, sans doute le moment le plus délicat de la soirée. « Peut-être que Michelle pourrait être le maître d'œuvre ? » Je prononce ces mots, ceux qu'aurait pu dire ma femme. Et les visages se décrispent. Pinhas sourit, puis se met à rire. Les enfants soupirent, soulagés, tout comme Denise encore tremblante. Patrick revient finalement à table, pâle mais ravi de voir la famille si radieuse.

Il ne m'est pas interdit de rêver.

Patrick a ses faiblesses, mais aussi de rares privilèges. Michelle avait été jalouse de lui lorsqu'il bordait, seul, les petits. Le moment du coucher qu'elle n'arrivait pas à vivre sereinement quand Tania et Samuel étaient enfants. Des angoisses enfouies sans doute, le manque de patience, la peur de rester éveillée alors que les petits yeux commençaient à se fermer. Cachée derrière la porte, elle observait Patrick quand il s'asseyait entre les deux matelas et leur lisait des histoires jusqu'à ce que leurs paupières n'aient plus la force de résister. Il profitait de leur sommeil, seul face aux jeunes corps s'abandonnant. Michelle avait conscience de ce qu'elle manquait mais elle n'avait jamais aimé lire des histoires, encore moins les inventer. Elle avait honte et en voulait terriblement à Patrick, jusqu'au jour où le cérémonial s'arrêta, à la demande de Tania et Samuel. Michelle fut libérée, reine des journées et maintenant des nuits.

Elle déteste perdre la main, Patrick est obligé de se comporter selon ses désirs afin d'éviter le pire. Un mot échappé, un geste maladroit, il doit se concentrer pour ne jamais prêter le flanc. Et cela fonctionne : les vertus de la vie commune ou la paix par l'usure. Le dernier gros conflit entre Michelle et son mari avait eu lieu il y a plusieurs années, un soir de fête comme celui-ci, à l'occasion de Roch Hachana. Après une énième expédition sanitaire, mon gendre était revenu à table sans son appareil auditif. Il avait voulu cacher son oreille dénudée en ébouriffant ses cheveux, mais Michelle avait bien sûr repéré le subterfuge. « Où est ton appareil ? Tu l'as pas fait tomber quand même ? » Patrick souriait bêtement en hochant la tête. « Allô ! Il m'entend ou quoi ? Tu peux li-re sur mes lè-vres ? » Pinhas essaya de prendre la défense de son beau-frère et s'approcha de lui pour lui parler à l'oreille. « Tu la fermes, Pinhas ! Si Patrick n'est pas assez malin pour comprendre ce que lui dit sa femme... »

Denise continuait à boire et Sarah dut écarter son verre pour qu'elle cesse de le remplir. Hésitant, Patrick murmura qu'il était désolé, qu'il n'entendait plus très bien, qu'il avait besoin de racheter un appareil, qu'il s'excusait sincèrement, qu'il ne fallait pas que Michelle lui en veuille, qu'il ne voulait pas gâcher le Nouvel An et qu'on pouvait discuter sans faire attention à lui. Ma benjamine soupira et jura à n'en plus finir. Sarah s'employait à apaiser les esprits mais je pris la défense de ma fille. C'est vrai, une soirée avec un Patrick absent n'était plus une soirée de fête. Et Patrick n'était plus Patrick si l'on ne pouvait plus provoquer ses diarrhées.

Je me levai, pris le jeune Samuel contre moi, lui saisis le coude et tendis son bras vers l'avant. « Répète après moi : Heil Papa ! Heil Papa ! » Patrick souriait bêtement alors que tout le monde le fixait, ahuri. « Heil Papa ! » Denise se mit à rire, probablement à cause de l'alcool. Même Michelle ne put se retenir devant tant de méchanceté. Par solidarité, Pinhas se rapprocha à nouveau de l'oreille de Patrick pour lui expliquer ce que Samuel criait mais contre toute attente, mon gendre ne prit pas ses jambes à son cou. Il me regarda sans cesser de sourire, secoua la tête pour bien me faire comprendre que j'étais cinglé, puis prit son fils dans ses bras avec une surprenante sérénité.

Était-ce l'absence d'appareil auditif qui protégeait son transit ? Le silence malgré les gestes ? Je ne le saurai jamais, mais toute la tablée resta émerveillée par ce miracle qui ne se reproduirait sans doute plus. Ma famille était belle. Avec ses défauts programmés et ses surprises.

Comme un coup à l'intérieur de mon crâne. Tout se brouille. Un souffle chaud et alcoolisé me suit alors que je regagne la cuisine pour déposer la vaisselle sale. Denise me dévisage, possédée. Les autres ont disparu de mon esprit et je la sais derrière moi, sans que j'aie la force de me retourner. Mon dos me fait mal, il m'intime de ne pas croiser le regard de ma fille. Elle s'adresse à voix haute à sa mère, me prenant à témoin dans l'appartement silencieux. Vidé de ses fantômes et de ses nazis. « Est-ce une bonne idée, maman ? Nous retrouver en famille sans toi ? Regarde-nous, maman ! Regarde tes filles, tes petits-enfants, regarde papa qui t'honorera en dirigeant avec fierté ce Seder. Papa, dis-lui ! »

Ce ne sont que des angoisses. Denise arrivera probablement tard, il ne s'agit que de voix sans corps qui me suivent. Que je sens, que j'interpelle. Denise se courbe, vieillit, prend les traits de sa mère. « Pourquoi ne seras-tu pas parmi nous ce soir ? Où seras-tu lorsqu'il faudra calmer Michelle ? Comment peux-tu nous laisser remplir ton verre, comme chaque année, alors que tu sais que tu ne le boiras pas ? Pourquoi nous abandonner cette nuit, l'unique ? Cette nuit différente de toutes les autres. » J'entends ma voix. Ma voix malgré la silhouette de Denise. Ce ne sont plus les plaintes de ma fille mais les miennes qui envahissent l'appartement. Je n'y arrive pas, manger sans toi, penser l'avenir sans toi, je n'y parviens pas Sarah. Denise se courbe de plus en plus, ma fille à présent silencieuse, ma fille aux traits maternels, jusqu'à ce que son front touche le plan de travail. Elle pose ses mains de part et d'autre de son crâne. Pousse sur ses bras et se redresse, en pleurs. C'est à présent Sarah qui me fixe de ses yeux bleus.

Je chancelle, saisis un objet. C'est un verre encore plein. Du vin rouge, tiède. Je le serre, me dirige vers mon lit. Je m'allonge et chante afin de me rasséréner. Une prière pour sanctifier le raisin, la même qui retentira pour la dernière fois de la soirée quand je lèverai la quatrième et ultime coupe du Seder, une prière qui retentit en attendant ce soir, en attendant demain : *Barouh Ata A'donaï Elohénou Méléh Haolam Boré Péri Haguéfen.* Béni sois-Tu, Éternel notre D'ieu, Roi du monde, Créateur du fruit de la vigne.

Quelqu'un sonne, à nouveau.

Nous étions couchés côte à côte. Le même lit, la même lumière qui s'adoucissait à travers les rideaux avant de frapper nos visages. De gercer d'ombre nos lèvres déjà mûres. Les filles étaient parties la veille, un camp scout qui se déroulait quelque part dans le Périgord noir en ce mois de juillet. Sarah et moi les avions déposées à la gare avec leurs sacs à dos plus imposants que leur carrure d'enfants de huit et dix ans. Elles n'avaient pas paru stressées au moment de nous embrasser et de monter dans le train, Michelle et Denise se tenaient la main, fières dans leur uniforme. Elles suivaient une animatrice qui me semblait bien jeune pour encadrer tous ces petits démons, mais passons, elles n'avaient pas pleuré et s'étaient même montrées plus sereines que Sarah.

Elle était encore tremblante quand nous sommes remontés dans la voiture. Les roues qui se dégagent en silence de la petite place de parking, la gare qui s'éloigne dans le rétroviseur. J'avais la sensation de blesser Sarah en l'emmenant ainsi loin de Denise et Michelle, même si c'était elle qui les avait inscrites au camp. Elle n'en dormait pas depuis des jours et j'avais fait mon possible pour que les adieux se passent au mieux, sans blague déplacée sur le quai alors que tout était réuni pour le pire. Sans la bousculer je la ramenai à la maison où une surprise l'attendait : un dîner aux chandelles avant de continuer la soirée au cinéma.

Arrivés chez nous, je m'enfermai donc à la cuisine pour finir de préparer le repas et lui demandai de n'entrer sous aucun prétexte. L'appartement n'avait pas été aussi silencieux depuis la nuit où Sarah m'avait annoncé sa grossesse, on n'entendait que le frémissement des oignons dans la casserole et, au loin, le filet d'eau qui remplissait la baignoire. Une grosse demi-heure plus tard Sarah gratta à la porte, visiblement détendue et affamée, nous passâmes à table. J'avais disposé les assiettes face à face, un peu hésitant après ces années de repas en famille, c'était la première fois que nous dînions seuls, sans les filles, depuis bien longtemps.

Maladroits, nous nous étions assis. Puis je m'étais immédiatement relevé, gêné, pour lui servir un verre et me rasseoir poliment. Les codes étaient essentiels pour Sarah, elle n'avait pas besoin d'être observée pour appliquer à la lettre l'éducation transmise par ses parents. Je voulais être à la hauteur, tout devait lui plaire. Nous mangeâmes de bon cœur et vers vingt et une heures je lui tendis son manteau ainsi que deux tickets, direction le cinéma. Quelle belle soirée, nous nous sentions si jeunes.

Puis nous rentrâmes, fatigués mais heureux, quand au moment d'insérer la clé dans la serrure une bouffée de chaleur nous envahit tous deux. Pas de lumière, pas un bruit. Pas même le souffle enfantin qui rythmait le sommeil de nos petites. Il n'y avait plus de vie dans l'appartement, seules d'infimes reliques témoignaient du passage de Denise et Michelle. Un foulard abandonné sur le dossier du fauteuil hérité de mon beau-père. Une paire de souliers vernis dont les lacets avaient été usés par les mains brusques d'un enfant. La joie s'effaça à mesure que nous avancions dans le couloir sombre, ce même couloir que nous avions arpenté tant de nuits.

Ma femme était nue, de dos. Nous étions embarrassés par cette intimité retrouvée. Je la regardais enfiler sa chemise de nuit, moi-même emmitouflé dans la couverture bien trop chaude pour la saison, elle alla ouvrir la fenêtre avant de me rejoindre au lit. Je crois que nous avions oublié l'intimité de nos années de couple, nous n'étions pas prêts ce soir-là même si nous nous y réhabituerions au fil de ces nuits estivales, des absences fréquentes et prolongées de nos filles. Puis nous nous réveillâmes, sans savoir à quel moment nous avions trouvé le sommeil. Je me rappelle les yeux clairs de Sarah qui avalaient la pénombre de la veille, de son regard effrayé, sensuel. Nous nous étions réveillés main dans la main, sans avoir osé nous toucher davantage. Nous avions pris un jour de congé ce lundi, un lundi sans enfant, le premier depuis dix ans.

Nos yeux s'étaient ouverts simultanément, fixant le plafond et l'interrogeant sur ce climat étrange qui régnait dans l'appartement. Nos habitudes reprirent leur droit avec maladresse pour nous lever, nous nourrir, nous baigner, me raser, et nous habiller. Je voulais que nous allions à l'exposition organisée par la mairie pour rappeler la mémoire des Juifs alsaciens passés par Drancy. « Les filles sont encore trop jeunes », avait décrété Sarah, il avait fallu attendre qu'elles partent au *camp* pour que nous puissions y aller. Belle pédagogie.

Mais nous y voilà enfin, parcourant les premières salles, passionnantes, émouvantes. Je commentai chaque photographie et chaque schéma pour que Sarah puisse suivre cette histoire, la mienne, que j'évitais soigneusement d'égrener de détails personnels. Puis nous arrivâmes dans la dernière salle, toujours aussi sombre, exhibant des travaux d'art plastique commandés aux collégiens de la région.

Je m'efforçais de garder mon sérieux quand j'entendis des ricanements provenant de l'autre bout de la pièce. Un homme seul, la cinquantaine, plutôt chic, se tenait face à un arc-en-ciel large de cinq mètres. De faux pyjamas de déportés aux rayures colorées pour former un putain d'arc-en-ciel. À mesure que j'approchais, son rire devenait de plus en plus insistant, des gloussements morbides que j'aurais reconnus parmi cent autres. Je me plaçai à côté de lui et m'esclaffai à mon tour. C'était contagieux. Il s'adressa à moi sans me regarder : « Struthof ?

— Auschwitz…

— Prétentieux ! »

Puis la nuit envahit l'appartement à nouveau, Sarah me regardait avec un air mêlant reproche et satisfaction. Elle savait que j'avais passé une excellente journée malgré tout, elle en était heureuse. Sarah aurait donné sa vie pour mon bonheur, prête à oublier tous mes dérapages et ne retenir que ces moments de joie qui éclairaient mon visage. Nous étions amoureux, peut-être le sommes-nous toujours malgré son départ. Les lumières de l'appartement s'allumaient les unes après les autres pour accueillir la nuit et refermer en douceur cette journée. Elle avait supporté notre tête-à-tête comme elle m'avait supporté quand nos filles quittèrent la maison. De nouvelles retrouvailles que je pensais alors définitives, seuls comme à l'époque de nos plus jeunes années. Nos retrouvailles qui se sont éteintes avec elle.

Allongé, le verre à la main, ma tête tourne. Il faut que les fantômes passent. Les airs et les paroles tourbillonnent jusqu'à me donner la nausée, ils ondulent avec régularité, montent puis descendent, font de moi l'axe central de leur carrousel. Et voilà qu'ils énumèrent, qu'ils me forcent à énumérer. Les chiffres si chers à Sarah. Et je compte comme l'on chante chaque année, il n'y a rien d'autre à faire, je compte afin de trouver un sens aux nombres qui défilent et se mêlent pour me parer d'histoires, comme celles qui remplissent les dernières pages de la Haggada.

Un, par exemple, le chiffre Un, que signifie-t-il ? Je parle sans laisser échapper le moindre son, je compose à mon rythme. Un, évidemment, nous aurons bientôt Un toit, Un même toit pour nous retrouver ensemble à la campagne, pendant les vacances, les anniversaires. Pour la prochaine fête de Pessah. Un toit capable de supporter les humeurs de Michelle et les absences de Denise, les gendres, les petits-enfants et même les correspondants.

Et le Deux. Que peut-il bien signifier ? Deux adolescents qu'il faut materner, supporter, départager à s'essouffler. Qui sont pourtant Deux merveilles, les amours de leur pauvre grand-mère. Mes Deux petits-enfants, dans Une seule maison.

Puis le chiffre Trois, le trio qui énerve Michelle plus que tout, Denise, Pinhas et Patrick. Je l'entends ressasser : « Muets quand ils ne pleurnichent pas, une sœur faible et sèche, un beau-frère affabulateur, répugnant, pathétique, et un mari qui fuit à chaque fois qu'il n'est pas à la hauteur. Si vous ajoutez les Deux démons, comment vais-je survivre dans Une telle maison familiale ? »

Maintenant Quatre, Quatre comme le nombre de coupes de vin qui rythment la soirée du Seder, et Quatre autres demain, puis encore Quatre l'an prochain, et le lendemain, et l'an d'après, et ainsi de suite. Quatre à jamais sans Sarah. Veuf, condamné à boire seul en compagnie de Michelle et de ses Trois victimes, avec mes Deux petits, heureusement, dans Une seule et même maison.

Ensuite le chiffre Cinq, les Cinq doigts de ma main qui se mettent à trembler lorsque je saisis un verre. Je fais tout pour garder mon calme mais la chaleur monte et ma paume moite ne parvient plus à se contrôler. Recommencer pour les Quatre coupes, devant Michelle, eux Trois, eux Deux, dans Une future maison de famille. Le tournis m'emporte.

Six histoires absurdes durant le dernier Seder, Pinhas peut meubler un dîner à lui tout seul et nous faire oublier la tristesse de nos vies, la tristesse de mon corps, de mes Cinq doigts que je n'arrive plus à maîtriser. Qui ne parviennent pas à saisir avec assurance les Quatre coupes, Cinq doigts qui inquiètent Michelle et les Trois autres adultes qui amusent les Deux petits. Il faut que j'achète Une maison avant de perdre mes dernières forces.

Sept, ça doit être le nombre de rouleaux de papier toilette que Patrick peut utiliser en une soirée. Avec Sept rouleaux pour essuyer ses angoisses judaïques, les Six histoires de Pinhas qui font sortir Michelle de ses gonds et mes Cinq doigts que je ne contrôle plus, je ne suis pas certain d'aller jusqu'au bout de la soirée, des Quatre coupes et de leur Trois faces affolées, je ne suis pas sûr de pouvoir protéger mes Deux petits-enfants de ces adultes incontrôlables, alors je n'ose imaginer ce qui se passera dans Une maison où ce petit monde restera dormir après dîner.

Et s'ils me retiennent en otage ? Enfermés dans cette maison, à manger Trois repas par jour. Donc Dix-Huit histoires de Pinhas. Si cela dure Une semaine, Cent Vingt-Six histoires idiotes. Quarante-Neuf rouleaux de papier toilette. En otage, les nazis vont me prendre en otage, c'est pour ça qu'ils ont mis tous ces nombres dans ma tête. Quatre coupes et Deux soirs, ça fait Huit verres de vin. Sans Sarah. Sept à table. On arrive à Cinquante-Six coupes englouties, sans compter le pain azyme et ses pointes brunies, infinies. Peut-être devrais-je les compter ? Je ne les laisserai pas faire, les chiffres, les croix gammées. Qui tournent ensemble autour de moi, qui se chevauchent, qui dansent autour de la table. Et le chant numéral qui ne s'arrête pas malgré le tournis, Tania et Samuel qui essaient de suivre mon rythme. Ils chanteront ce soir, à voix haute. Huit ? Les jours avant la circoncision. Neuf ? Les mois de gestation. Dix ? Les Commandements. Onze ? Les étoiles dans le rêve de Joseph. Douze ? Les tribus d'Israël. Treize ? Les attributs divins. Stop.

J'inspire très fort, en serrant le poing droit contre ma poitrine. Et enfin l'expiration. Comme le médecin me l'a appris. Je recommence, et encore, puis le calme regagne progressivement mon corps. Changer de tempo pour reprendre mon souffle. Me rassurer en imaginant les voix douces de Tania et Samuel égrenant une autre mélodie cumulative, Had Gadia. L'histoire d'un chevreau dévoré par un chat et qui se retrouve au milieu d'une fable de prédateurs. Quand l'un d'entre eux tue, détruit, surgit alors plus fort que lui. Sarah aimait quand Tania et Samuel chantaient cette histoire à récapitulation. J'ai besoin de les entendre pour tenir sans elle, sans les interrompre car elle me l'interdisait. Pas de blague concentrationnaire, pas de Zyklon B pour gazer le Chohet chargé de l'abattage rituel. Personne ne peut gâcher cette comptine pascale qui clôt notre soirée du Seder.

En fermant les yeux, je me souviens de l'an passé. Samuel regarde sa sœur et débute à un rythme lent qui accélère à chaque ressassement. Tania lui emboîte le pas et ajuste le tempo après les premières syllabes : « Un chevreau, un chevreau, que mon père avait acheté pour deux zouzims. Et le chat arriva et mangea le chevreau, un chevreau que mon père avait acheté pour deux zouzims. Et le chien arriva, il mordit le chat qui avait mangé le chevreau, un chevreau que mon père avait acheté pour deux zouzims. Et le bâton arriva, il battit le chien qui avait mordu le chat qui avait mangé le chevreau, un chevreau que mon père avait acheté pour deux zouzims. Et le feu arriva, il brûla le bâton qui avait battu le chien qui avait mordu le chat qui avait mangé le chevreau, un chevreau que mon père avait acheté pour deux zouzims. Et l'eau arriva, elle éteignit le feu qui avait brûlé le bâton qui avait battu le chien qui avait mordu le chat qui avait mangé le chevreau, un chevreau que mon père avait acheté pour deux zouzims. Et le bœuf arriva, il but l'eau qui avait éteint le feu qui avait brûlé le bâton qui avait battu le chien qui avait mordu le chat qui avait mangé le chevreau, un chevreau que mon père avait acheté pour deux zouzims. Et le Chohet arriva, il a égorgea le bœuf qui avait bu l'eau qui avait éteint le feu qui avait brûlé le bâton qui avait battu le chien qui avait mordu le chat qui avait mangé le chevreau, un chevreau que mon père avait acheté pour deux zouzims. Et l'Ange de la mort arriva, il assassina le Chohet qui avait égorgé le bœuf qui avait bu l'eau qui avait éteint le feu qui avait brûlé le bâton qui avait battu le chien qui avait mordu le chat qui avait mangé le chevreau, un chevreau que mon père avait acheté pour deux zouzims. Et le Saint, béni soit-Il, arriva, Il tua l'Ange de la mort qui avait assassiné le Chohet qui avait égorgé le bœuf qui avait bu l'eau qui avait éteint le feu qui avait brûlé le bâton qui avait battu le chien qui avait mordu le chat qui avait mangé le chevreau, un chevreau que mon père avait acheté pour deux zouzims… un chevreau, un chevreau… »

Les deux adolescents avaient mis du temps à reprendre leur souffle, fiers d'avoir terminé la course sans erreur. Les adultes les regardaient avec admiration. L'instant était comme suspendu au cou de ce chevreau, paisible. Puis Sarah avait brisé le silence en reculant sa chaise, et en allant serrer ses petits-enfants contre elle. «Vous avez été parfaits, c'est une belle fin de Seder.» Son dernier Seder. Puis elle n'avait pu regagner sa chaise et s'était assise sur le canapé, épuisée par la maladie. «Je crois qu'il est temps d'aller dormir», avait conclu Michelle. Elle se leva, suivie de Denise. Puis ce fut le tour de Pinhas, Patrick, Leyla, Tania et Samuel. Tout le monde se dirigeait vers le canapé blanc pour embrasser Sarah, s'asseoir à côté d'elle, être à sa hauteur, déposer un baiser sur sa joue.

La table est débarrassée. Il faudra encore aérer l'appartement pour m'éviter les remarques désagréables de Michelle qui va maintenant arriver. L'aérer ce soir aussi, lorsqu'ils seront tous partis. De l'air frais pour étouffer leur odeur et qu'ils me laissent, seul, finir de m'endeuiller.

Lorsque nous aurons refermé la Haggada, que tous auront remis leur manteau après m'avoir embrassé, je rejoindrai ma chambre, m'assoirai sur le lit. Michelle et Denise ont les clés, elles fermeront derrière elles. Et comme chaque nuit depuis la mort de Sarah, j'attendrai encore un instant, avec le secret espoir qu'on vienne me border. Je hais la cérémonie solitaire du coucher, j'en regretterais presque le baraquement d'Auschwitz. Mais j'espère que ce soir Tania et Samuel, mes petits-enfants, viendront m'embrasser encore une fois, avant de partir. Emmitouflés.

Tania ne montrera rien de son émotion, comme sa mère, et se contentera de me regarder pour me dire toute sa peine, sa tristesse de laisser un veuf chercher le sommeil au milieu de ses angoisses. Et à l'aube des larmes, elle fuira. Dans sa veste trop grande elle partira, sans se retourner, vers la porte où l'attendent les adultes. Je me retrouverai alors seul avec Samuel. Peut-être la dernière marche de la traversée désertique, endeuillée.

Je tire la couverture à moi et sens la chaleur de mon petit-fils me recouvrir. Il s'allonge sur mon corps de vieillard, oui, je l'imagine se jeter sur moi et m'enlacer. J'entends le sifflement, à peine perceptible, de sa respiration irrégulière. En songe je lui rends son étreinte avec maladresse puis me retourne pour qu'il ne puisse voir mes larmes.

« Bonne nuit, papi. Maman veut pas que j'aille en cours demain, on pourrait aller se balader tous les deux, ou avec Tania ? Et comme ça, on pourra parler de la maison avant que tu n'ailles chez le frère de tonton Pinhas ! T'en penses quoi ? On pourra tout décider et après on présentera nos plans aux autres. Je suis sûr que maman finira par tout accepter si Tania et moi insistons.

« Bonne nuit, papi, tu sais, moi j'aime bien tes blagues sur la Shoah. Je sais que ça énerve maman, que papa les supporte pas vraiment, mais moi ça me fait rire. Tu continueras à nous faire rire, hein ? Faut pas écouter les parents, ils comprennent pas vraiment ce que t'as enduré. Et puis maman est pas en forme depuis la mort de mamie. Je sais pas comment t'expliquer, elle crie autant qu'avant mais c'est comme si elle y croyait plus vraiment, à ses leçons de morale. Tu vois ce que je veux dire ? Faut pas te formaliser, et tonton Pinhas non plus. Moi j'adore ses histoires, je pense que maman pourrait faire un effort avec lui. C'est pas toujours simple avec tata non plus, je sais, moi je vois bien avec ma sœur, parfois elle me rend dingue. Tu vois ?

« Bonne nuit, papi, on a passé un beau Seder. T'as vu comme on a bien caché l'Afikoman ? On y avait réfléchi depuis deux semaines. Et puis j'ai bien chanté, hein ? Toi, t'en as pensé quoi de ce Seder ? Pressé de recommencer ? Il faut que tu te reposes maintenant, il faut que tu récupères, on veut pas que tu tombes malade toi aussi. »

Je hausse les épaules pour répondre au fantôme de mon petit-fils, les sanglots me saisissent la gorge. « Il faut que tu dormes, papi. Bonne nuit, fais de beaux rêves… » Samuel se lève, appuie sur l'interrupteur, et plonge la pièce dans l'obscurité. Ou plutôt, ce sont mes paupières qui se ferment d'épuisement. J'entends des pas. Toujours ces pas. Je fantasme les jambes menues de Samuel qui arpentent le couloir. Un battement de cils sans espoir, des images qui envahissent ma couche. Mon corps ne peut pas me trahir à ce point, mes oreilles et ma vision, mon esprit qui vagabonde. On compte sur moi pour mener la soirée et officier en père de famille, ma seule famille ; désormais amputée de ma sainte Sarah.

On avait sonné à la porte.

L'hôpital n'avait pas réussi à me joindre, notre téléphone avait été mal raccroché. Le jeune homme qui se tenait là ne portait pas de blouse, il exhibait maladroitement un badge avec sa photo. Sarah avait été claire, j'étais la seule personne à contacter si son état se détériorait. Le jeune homme proposa de m'aider à enfiler mon manteau, j'étais tremblant. Elle était encore consciente mais il n'y avait pas de temps à perdre.

Il faisait froid dehors.

Ma tête se redresse, j'observe la couverture qui dissimule mon corps. Le torse est ici, les bras et les jambes du mauvais côté du lit. Mon esprit s'éclaircit peu à peu. Je me rappelle avoir roulé à la recherche du sommeil pour enfin le trouver à gauche. Du côté gauche lorsqu'on est allongé, son côté à elle. Les draps sont froids, mes yeux fatigués. Je retiens ma respiration pour scruter chaque détail de l'appartement mais je n'entends rien, pas même un craquement. Les nazis l'auraient-ils raflée ?

Pour me rassurer je récite le Shéma. Tremblant je me rappelle, les yeux recouverts de ma paume droite, que D'ieu n'est qu'un. Je récite les mots appris par cœur, un air répété soir et matin que je ne cesse de murmurer depuis la mort de Sarah, comme pour me préparer. Me préparer à prononcer le dernier appel, ainsi qu'il est prescrit, lorsque l'heure sera venue.

Un bruit de clé, sans doute Michelle qui arrive pour m'aider à préparer le Seder. Je remonte la couverture rêche jusqu'à mon cou, j'ignore depuis combien de temps je suis endormi. Dois-je me réveiller ou me laisser partir ? J'essaie de récapituler chaque détail de la soirée à venir pour profiter encore un peu de mes filles, de mes gendres et de mes petits-enfants. Revisiter les nuits d'autrefois, avec Sarah, ma famille au complet. Leurs manies lors de ces dîners nombreux et pourtant identiques, ces soirs d'inter-rogations. Et cette nuit sans elle, sans les morts, cette nuit différente de toutes les autres.

La vieillesse me dévore depuis le départ de Sarah, elle accélère encore sa besogne à quelques heures de ce Seder sans ma femme. Aurai-je même la force de réaliser son dernier souhait et voir notre maison de famille ? Je l'imagine en briques, avec une longue cheminée tendue vers les nuages. Des soupirs et des corps exténués. Un crématoire. De la fumée humaine. Des cendres qui s'accumulent dans mes narines et m'empêchent de respirer. Suis-je seulement éveillé ? Sinon comment expliquer cette sensation d'essouf-flement. Pourquoi cette impression de faiblesse, comme si mes poumons étaient envahis d'images impossibles à dissiper ? La fumée se concentre, je ne parviens plus à tousser, à cracher ces visions qui ont le goût de mort. Ma poitrine s'affaisse et je déglutis. Mon organisme est trop vieux pour supporter les souvenirs. Et puis comment imaginer, m'imaginer sans Sarah ?

J'entends la voix de Michelle qui m'appelle au loin. Je suis dans le désert du Sinaï que je traverse sans ma femme pour la première fois. Sans avoir la force d'apercevoir la Ville sainte. Pour la première fois, je ne répéterai pas ce refrain ancestral, « L'année prochaine à Jérusalem ». Il n'y aura pas d'année prochaine, pas de Jérusalem ; il m'est impossible de chanter l'après. Les inspirations sont difficiles, je puise l'air avec peine. Les paupières closes, je me laisse maintenant divaguer, puis céder.

Quelqu'un entre dans la chambre. Sarah est à mes côtés. Je sens sa main dans la mienne, ses doigts fragiles qui se plient au creux de ma paume. La pression sur ma poitrine se fait de plus en plus forte, je commence à y prendre goût. Lentement, la douleur se déporte vers le bras, des fourmis d'abord, puis une tension. Des paroles s'emparent de ma gorge en même temps que le visage de Michelle se dessine. Une chanson que mes filles chantaient, émues, lorsqu'elles rentraient des camps d'été de leur jeunesse. Comment ma mémoire l'a-t-elle retrouvée ? Pourquoi maintenant, avant cette nuit ?

La mélodie me gagne et mes lèvres murmurent des mots oubliés, « Quand demain reviendra la lumière, Fais-nous revoir la clarté du ciel ». Je fais mine de m'étirer mais mon corps ne répond plus. Moi Salomon, fils de David, fils de Jacob. Moi Salomon qui ne sais plus si mes chants sont réels, si mon appel résonne au milieu de la pièce. « Que cette nuit ne soit pas la dernière… » Le visage de Michelle est près de moi mais c'est Sarah qui me parle. Elle me réconforte, me promet que demain reviendra la lumière. Et nous

serons alors ensemble. Amoureux aux cuisses mêlées,
tous deux enfin rattachés. Et nos ailes repousseront,
ainsi que tout le reste. Et nous nous élèverons un peu.
Nous volerons un peu.

CHEZ LE MÊME ÉDITEUR
Dernières parutions

Jacques Stephen ALEXIS
L'étoile Absinthe

AMBAI
De haute lutte
traduit du tamoul (Inde) par Dominique Vitalyos
et Krishna Nagarathinam

Abdelaziz BARAKA SAKIN
Le Messie du Darfour
traduit de l'arabe (Soudan) par Xavier Luffin

Vanessa BARBARA
Les Nuits de laitue
traduit de portugais (Brésil) par Dominique Nédellec

Benny BARBASH
My First Sony
Little Big Bang
Monsieur Sapiro
traduits de l'hébreu par Dominique Rotermund
La vie en cinquante minutes
traduit de l'hébreu par Rosie Pinhas-Delpuech

A. Igoni BARRETT
Love is Power, ou quelque chose comme ça
traduit de l'anglais (Nigeria) par Sika Fakambi

Vaikom Muhammad BASHEER
Grand-père avait un éléphant

Boubacar Boris DIOP
Murambi, le livre des ossements

Pascal GARNIER
La Solution Esquimau
Les Insulaires et autres romans (noirs)
L'A26
Nul n'est à l'abri du succès
Comment va la douleur ?
La Théorie du panda
Lune captive dans un œil mort
Le Grand Loin
Cartons
Les Hauts du Bas

Hubert HADDAD
Le Nouveau Magasin d'écriture
Le Nouveau Nouveau Magasin d'écriture
La Cène
Oholiba des songes
Palestine
L'Univers
Géométrie d'un rêve
Vent printanier
Nouvelles du jour et de la nuit
Opium Poppy
Le Peintre d'éventail
Les Haïkus du peintre d'éventail
Théorie de la vilaine petite fille
Corps désirable
Mā
Premières Neiges sur Pondichéry

Kei MILLER
L'authentique Pearline Portious
By the rivers of Babylon
traduits de l'anglais (Jamaïque) par Nathalie Carré

Daniel MORVAN
Lucia Antonia, funambule

R. K. NARAYAN
Le Guide et la Danseuse
Dans la chambre obscure
traduits de l'anglais (Inde) par Anne-Cécile Padoux
Le Magicien de la finance
traduit de l'anglais (Inde) par Dominique Vitalyos

James NOËL
Belle Merveille

Auður Ava ÓLAFSDÓTTIR
Rosa candida
L'Embellie
L'Exception
Le rouge vif de la rhubarbe
Ör
traduits de l'islandais par Catherine Eyjólfsson

Makenzy ORCEL
Les Immortelles
L'Ombre animale

Miquel DE PALOL
Le Jardin des Sept Crépuscules
traduit du catalan par François-Michel Durazzo

Nii Ayikwei PARKES
Notre quelque part
traduit de l'anglais (Ghana) par Sika Fakambi

Serge PEY
Le Trésor de la guerre d'Espagne
La Boîte aux lettres du cimetière

Ricardo PIGLIA
La Ville absente
Argent brûlé
traduits de l'espagnol (Argentine)
par François-Michel Durazzo

Zoyâ PIRZÂD
Comme tous les après-midi
On s'y fera
Un jour avant Pâques
Le Goût âpre des kakis
C'est moi qui éteins les lumières
traduits du persan (Iran) par Christophe Balaÿ

Răzvan RĂDULESCU
La Vie et les Agissements d'Ilie Cazane
Théodose le Petit
traduits du roumain par Philippe Loubière

Mayra SANTOS-FEBRES
Sirena Selena
traduit de l'espagnol (Porto Rico)
par François-Michel Durazzo

Rabindranath TAGORE
Quatre chapitres

LA COUVERTURE DE

Cette nuit

A ÉTÉ CRÉÉE PAR DAVID PEARSON
ET IMPRIMÉE SUR OLIN ROUGH
EXTRA BLANC PAR L'IMPRIMERIE
FLOCH À MAYENNE.

LA COMPOSITION,
EN GARAMOND ET MRS EAVES,
ET LA FABRICATION DE CE LIVRE
ONT ÉTÉ ASSURÉES PAR LES
ATELIERS GRAPHIQUES
DE L'ARDOISIÈRE
À BÈGLES.

IL A ÉTÉ REPRODUIT SUR LAC 2000
ET ACHEVÉ D'IMPRIMER EN FRANCE
PAR L'IMPRIMERIE FLOCH À MAYENNE
LE QUATORZE NOVEMBRE DEUX MILLE DIX-SEPT
POUR LE COMPTE DES ÉDITIONS ZULMA,
VEULES-LES-ROSES.

978-2-84304-811-1
N° D'ÉDITION : 811
DÉPÔT LÉGAL : JANVIER 2018

❦

NUMÉRO
D'IMPRIMEUR
91829

❦